suhrkamp taschenbuch 2234

Unerklärlich ist, auf welche Weise Doktor Tătaru tödlich verunglückte. Unerklärlich sind auch seine letzten Worte mit dem Hinweis auf die »drei Grazien«. In die Mutmaßungen der wissenschaftlichen Freunde schaltet sich der Sicherheitsdienst ein mit plötzlich großem Interesse an Tătarus Forschungen in medizinischer Biologie. War er wirklich im Begriff, ein neues Serum gegen Krebs zu entwickeln und Menschen zu verjüngen, war er vielleicht gar der Unsterblichkeit auf der Spur? Weshalb aber beschäftigte er sich neben seinen physiologisch-medizinischen Forschungen mit den Apokryphen des Alten Testaments, mit Schamanismus und Yoga, mit Parapsychologie und Psychometrie? Wie wenig abseitig die Gedankengänge Doktor Tătarus waren, zeigt sich, als eine der »drei Grazien« sich bei den Freunden Tătarus meldet ...

Mircea Eliade, geboren 1907 in Bukarest, war Professor für Religionsgeschichte an der Universität Chicago. Er starb 1986 in Chicago.

Mircea Eliade
Die drei Grazien

Erzählung

Aus dem Rumänischen
von Edith Silbermann

Phantastische Bibliothek
Band 302

Suhrkamp

Redaktion und Beratung: Franz Rottensteiner
Umschlagillustration: Hans-Jörg Brehm

suhrkamp taschenbuch 2234
Erste Auflage 1993

Druck: Nomos Verlagsgesellschaft, Baden-Baden
Printed in Germany
Umschlag nach Entwürfen von
Willy Fleckhaus und Rolf Staudt

1 2 3 4 5 6 – 98 97 96 95 94 93

Die drei Grazien

Sonderbar, daß ihm gerade *»Les Trois Grâces«* in den Sinn gekommen waren, daß er mit diesen Worten auf den Lippen starb.
Fast 39 Jahre sind seither verstrichen. Einige Kilometer von Vevey entfernt, im Wald. Hätte das Bellen des Hundes ihn nicht aus seinen Träumen gerissen, er wäre an ihnen vorbeigegangen, ohne sie zu bemerken. Wahrscheinlich versuchte er von neuem – zum wievielten Male wohl – einen Reim zu finden. Auf die lateinische Bezeichnung wollte er durchaus nicht verzichten: *Euphorbia moldavica id est impudica* . . . Als er den Kopf umwandte, lief ein großer, schwarzer Hund über den Kiesweg auf ihn zu. Da erblickte er im Hintergrund, von hohen Tannen und Weiden halb verdeckt, drei Villen, wie er sie noch nie gesehen hatte. Sie schienen für sich abgeschlossen und waren dennoch miteinander verbunden. Auf welche Weise, war ihm ein Rätsel. Fasziniert starrte er sie an und wagte nicht mehr zu blinzeln. (Einige Monate nachher hatte Sidonia, die sich schwer beherrschen konnte, ihm gereizt gesagt: »Ich weiß, es ist einfach ein Tick, aber wenn du dich ein wenig zusammennehmen würdest . . . Denn verzeih, daß ich's dir wie-

derhole, für den, der dich ansieht . . .« »Aber ich blinzle doch nicht immer«, hatte er sie lachend unterbrochen. »Wenn mich etwas interessiert, ein Bild, eine Landschaft, eine Blume . . .« »Ich sprach nicht von Blumen«, hatte Sidonia fortgesetzt. »Das ist dein Beruf . . .« Vielleicht ging ihm damals, in jenem Augenblick ein Licht auf. Daß sie seinen Beruf erwähnte, hatte genügt. »Gewiß habe ich ein leidenschaftliches Interesse für Botanik, aber sie ist ja auch eine sehr genaue Wissenschaft. Eins kann ich dir allerdings versichern. Der Titel, falls die Bezeichnung überhaupt am Platz ist, stammt nicht von mir, weder von mir als Dichter, noch von mir als Naturwissenschaftler.«)

»Ja, es ist tatsächlich sonderbar«, sprach Hagi Pavel. »Ich meine, daß er sich an die drei gerade im Augenblick erinnerte, als . . .«

Er stockte und versuchte, einen Seufzer zu unterdrücken.

»Gott hab ihn selig!« fügte er leise hinzu. Dann streckte er die Hand nach dem Glas Wein aus.

»Les Trois Grâces«, wiederholte Zalomit versonnen. »Die drei Grazien. Einen Sommer

lang in einer solchen Traumvilla arbeiten zu dürfen, nichts anderes tun müssen als schreiben! . . .« Aber der Hund brachte ihn zur Verzweiflung. In einem Umkreis von wenigen Metern strich er um ihn herum, kläffte immer lauter, wagte nicht, ihn anzusehen und schnappte dennoch unausgesetzt nach ihm. »Reg dich doch nicht so auf, dummer Köter«, hatte er ihm scherzend zugerufen, um ihn zu besänftigen. Da fiel sein Blick auf das Messingschild: *»Les Trois Grâces«* »Na, klar, jetzt begreife ich!« flüsterte er.

»Ich weiß nicht, wovon Sie reden. Was wollte er eigentlich damit sagen?« fragte Nicoleanu. Hagi Pavel sah Zalomit an und lächelte traurig.

»Jugenderinnerungen«, antwortete er schließlich. »Aus der Zeit, da wir alle drei in der Schweiz studierten.«

Linkisch führte er seine Hand zu den Augen und begann, sie zu reiben. Dann seufzte er wieder und füllte sich ein zweites Glas.

»Ich hatte als erster die Villen entdeckt«, erzählte Zalomit, »aber am nächsten Sonntag brachte ich die beiden mit, damit auch sie ›die drei Grazien‹ bewundern. Der Name paßte in der Tat vortrefflich zu den Häusern. Denn wiewohl es drei in sich geschlossene Gebäude waren, bildeten sie eine Einheit, wenn Sie begreifen, was ich sagen will. Freilich gefielen sie auch den beiden, ich aber war einfach vernarrt in jedes von ihnen und in alle drei zusammen. Jeden Sonntag ging ich hin, um sie zu bewundern. Einmal kamen wir zu dritt hinaus. Es schneite. Der Schnee lag schon mehrere Handbreit hoch und fiel immer noch unausgesetzt. Es war Januar und es wurde früh dunkel. Die Lichter gingen innen an, wir aber standen zwischen den Tannen und fühlten uns plötzlich in ein norwegisches Feenmärchen versetzt . . .«

»Wir gingen auch noch ein andermal im Schnee hin«, unterbrach ihn Hagi Pavel. »Aber es war nicht mehr so schön . . .«

Zalomit schüttelte den Kopf.

»Du täuschst dich. Im Schnee waren wir bloß ein einziges Mal dort, an jenem Sonntag, im Januar 1929 oder 1930.«

Hagi Pavel sah ihn befremdet an.

»Im Jahre 1929 kann es auf keinen Fall gewesen sein, damals hatte ich mich noch nicht in Genf niedergelassen. Und auch 1930 kann es nicht gewesen sein, denn in jenem Jahr verbrachte ich die Winterferien zu Hause . . .«

»Vielleicht sprechen Sie nicht von derselben Sache«, wandte Nicoleanu ein. »Wissen Sie, nach so vielen Jahren verblassen Erinnerungen . . .«

»›Die drei Grazien‹ sind mehr als Jugenderinnerungen«, unterbrach ihn Zalomit. »Für mich jedenfalls bedeuten sie mehr. Ich hatte ein Gedichtbändchen veröffentlicht, auf meine Kosten natürlich. Übrigens auch ohne jeden Erfolg. In jenem Sommer arbeitete ich an einem anderen, viel anspruchsvolleren Band. Ich stand ganz im Banne von Paul Valéry. Als ich die drei hinter Tannen und Weiden verborgenen Häuser entdeckte, sagte ich mir: Welch ein Glück wär's, einen Sommer lang hier arbeiten zu dürfen, allein, in völliger Abgeschiedenheit . . .«

Hagi Pavel wandte sich ihm zu und runzelte die Brauen.

»Ich hatte sogar den Namen des Architekten erfahren und behielt ihn lange Zeit, vielleicht 10 bis 15 Jahre, im Kopf«, fuhr Zalomit fort. »Aber bei aller Bewunderung, die ich für ihn hegte, ist der Name mir entfallen. Wie ich auch so viel anderes vergessen habe«, fügte er hinzu und bemühte sich zu lächeln.

Hagi Pavel zog bedauernd die Schultern hoch. »Ich weiß nicht recht, worauf du anspielst«, bemerkte er. »Es ist jedenfalls sonderbar«, meinte Nicoleanu, »daß dies seine letzten Worte waren: *Les Trois Grâces.*«

»Höchst sonderbar«, griff Hagi Pavel Nicoleanus Worte auf. »Jeder von uns hat in der Jugend Abenteuer erlebt, die einen haben wir ganz vergessen, an andere erinnern wir uns nur vage. Was kann Aurelian veranlaßt haben, sich gerade an die *Les Trois Grasses* zu erinnern? Vielleicht weil wir drei, die wir uns während der Studienzeit in Genf angefreundet hatten, nach so vielen Jahren wieder einmal zusammen waren. Aber es verbanden uns so viele Erinnerungen mit der Schweiz. Warum sollten ihm gerade »Les Trois Grasses« in den Sinn gekommen sein? Besonders, da wir in Wirklichkeit alle, nicht bloß wir drei Freunde, sondern auch andere unserer Kommilitonen die Ansicht teilten, nur zwei der Mädchen wären ausgesprochen dick. Yvonne sah ganz so aus, wie man sich eine 25jährige Schweizerin vorstellt.«

Zalomit rückte seinen Stuhl näher heran und verschränkte seine Arme über dem Tisch.

»Ich glaube, wir reden von Dingen, die nichts

miteinander zu tun haben. Ich sprach von den drei Villen bei Vevey, die *Les Trois Grâces* hießen und vor denen wir so oft auf und ab spazierten; einmal am Sonntag, im Januar, während es schneite.«

»Jetzt, wo ich dir zuhöre«, sagte Hagi Pavel nachdenklich, »glaube ich mich auch an diese märchenhaften kleinen Häuser mit den Gartenzwergen im Hof und dem blaugekachelten Becken zu erinnern.«

Zalomit zuckte gelangweilt mit den Achseln.

»Nein. Du verwechselst sie mit anderen Villen und kleinen Häusern. *Les Trois Grâces* hatten weder Gartenzwerge noch ein Becken.«

»Vielleicht verwechsle ich sie. An Yvonne und Henriette, der Name des dritten Mädchens ist mir entfallen, wirst du dich aber wohl noch erinnern? Wir waren mit den dreien ja befreundet, manche von uns sogar sehr eng befreundet, fast zwei Jahre lang . . . Du warst anfangs von Yvonne eingenommen, aber eine große Liebe war's, glaube ich, nicht . . .«

»Ja, Yvonne . . . natürlich erinnere ich mich an den Namen. Aber wie sie aussah, könnte ich dir nicht sagen. Und was die beiden anderen betrifft . . .«

»Henriette war ziemlich dick, aber sie war sehr anziehend, hatte den Teufel in sich, wie wir es damals sagten ... Und sie war durchtrieben klug. Erinnerst du dich noch, wie sie dich zu necken pflegte, als wir uns alle – wir drei und sie drei – im ›Café des Vosges‹ trafen? Zuerst rief sie unserer ganzen Gruppe zu: *Vive la Roumanie!* dann suchte sie deinen Blick und fügte hinzu: *Vivent les Alliés!*«

Zalomit zuckte wieder mit den Achseln und lächelte verlegen.

»Tut mir leid, tut mir wirklich leid, aber ich erinnere mich nicht.«

»Schon gut, ich begreife«, fuhr Hagi Pavel fort«, dein Herz schlug damals für die Dichtung, du hattest eine Leidenschaft für Blumen, sahst die Welt mit anderen Augen als wir. Außerdem sind fast 40 Jahre seither vergangen ...«, fügte er nach einer kurzen Pause hinzu.

»Aber den Wald bei Vevey und *Les Trois Grâces* habe ich nicht vergessen, wiewohl ich dir gestehen muß, daß ich an manche Erlebnisse aus meiner Jugend seit ungefähr 25 Jahren nicht mehr gedacht habe ...«

Sie schwiegen alle betrübt und trauten sich

nicht, einander in die Augen zu sehen. Nach einer geraumen Weile griff Hagi Pavel mit einer jähen Geste nach der zweiten Flasche Wein und füllte die Gläser überaus vorsichtig, als fürchte er, die Hand könnte ihm zittern.

»Apropos Yvonne«, sagte er schließlich. »Erinnerst du dich noch, wie Aurelian die Mädchen anfangs genannt hatte? Er nannte sie *Deux ou Trois Grasses* . . .«

Zalomit sah ihn wieder mit großer Aufmerksamkeit an und lächelte.

»Das konnte er damals noch nicht gesagt haben, weil man in jenen Jahren Aldous Huxleys Buch: *Two or Three Graces* noch nicht ins Französische übersetzt hatte. Wenn er es gesagt hat, muß es später gewesen sein . . .«

»Schon gut, schon gut«, unterbrach ihn Nicoleanu. »Wir wissen alle, daß unser Gedächtnis wie alle anderen organischen Funktionen und geistigen Fähigkeiten allmählich nachläßt. Aber um auf Aurelian Tătarus letzte Worte zurückzukommen, was hat er ihrer Ansicht nach sagen wollen?«

»Gott hab ihn selig!« murmelte Hagi Pavel. »Vielleicht hat die Tatsache, daß wir alle drei beisammen waren, daß wir uns alle drei nach so vielen Jahren wieder getroffen hatten, gerade hier im Gebirge, wie vor Zeiten, als wir nach Chamonix aufstiegen . . .«

»Dieser Teil der Karparten hat keinerlei Ähnlichkeit mit den Schweizer Alpen«, sprach Zalomit wie geistesabwesend. »Wenn er uns was anvertrauen wollte, so war's vermutlich dies: ›Es ist mir klar, daß ich verloren bin, aber ich habe keine Angst und auch ihr sollt den Tod nicht fürchten.‹ Vielleicht wollte er uns auch noch sagen, daß der Tod eine Erfüllung sei, die letzte Bewährung aller hohen Gaben, die uns verliehen wurden. Vielleicht fiel ihm nicht sogleich ein besseres Bild ein, oder vielleicht versagten ihm die Kräfte, um mehr zu sprechen, vielleicht erinnerte er sich, als er die Augen öffnete und uns beide dort an seiner Seite sah, an die vollkommene Harmonie jener drei Villen, die gesondert dastanden und dennoch einen einzigen architektonischen Komplex darstellten, und da rief er uns dies Bild ins Gedächtnis: *Les Trois Grâces* . . .«

»Nun gut, du bist ein Dichter«, unterbrach ihn Hagi Pavel, »siehst Dinge, die wir andern . . .«

Zalomit runzelte die Stirn, blickte ihn eine Weile mißmutig an, dann hellte sich sein Ge-

sicht plötzlich auf und er lächelte.
»Wenn du's wissen willst, kann ich's dir verraten: ich bin längst kein Dichter mehr. Seit jenem Julinachmittag, da ich zum ersten Mal *Les Trois Grâces* sah, habe ich nicht mehr versucht, Verse zu schreiben. Schuster, bleib bei deinen Leisten! So blieb ich denn bei der Botanik. Keine Poesie der Welt erreicht die Vollkommenheit und die Bedeutsamkeit der bescheidensten Blume . . .«
Darauf stand er entschlossen auf und reichte ihnen die Hand.
»Und nun seid mir nicht böse, wenn ich euch allein lasse. Ich muß in mein Zimmer hinauf und mich ein wenig hinlegen. Bin völlig erschöpft.«

Als er auf dem Pfad hinter sich Schritte hörte, fuhr er zusammen und wandte den Kopf um. Anfangs erkannte er ihn nicht, mit der ganz in die Stirne gerückten Baskenmütze und dem über die Schultern gehängten Regenmantel.
»Sie finden offenbar auch keinen Schlaf«, sagte Nicoleanu nähertretend.
Er setzte sich zu ihm ins Gras und wickelte

sich behutsam den Mantel um die Knie.
»Hier im Gebirge sind die Nächte selbst mitten im Sommer immer kühl. Man muß aufpassen . . .«
»Ich bin dran gewöhnt«, erwiderte Zalomit, ohne ihn anzusehen. »Die Karpartenflora ist mein Gebiet. Was noch davon übriggeblieben ist«, fügte er mehr für sich selbst hinzu.
»Daß Sie sich gerade diesen Platz gewählt haben, um zu rasten, nur wenige Meter von der Stelle entfernt, wo . . .«
»Wie spät mag es sein?« unterbrach ihn Zalomit. »Ich habe meine Uhr auf dem Nachttisch liegengelassen . . .«
»Es dürfte nicht mehr als drei Uhr sein. In einer Stunde geht die Sonne auf.«
»Es sind also kaum 12 oder 13 Stunden verstrichen . . . Es ist mir immer noch unbegreiflich, wie das geschehen konnte«, fuhr er nach einer Weile fort.
Fröstelnd hüllte Nicoleanu sich in seinen Mantel.
»Auch ich begreife es nicht«, sagte er. »Als ich Sie rufen hörte und herbeieilte – mehr als zwei, drei Minuten kann's nicht gedauert haben –, konnte ich meinen eigenen Augen nicht

trauen. Nur ein ungeschicktes Stadtkind, das zum ersten Mal einen Aufstieg ins Gebirge unternimmt, oder jemand, der plötzlich das Bewußtsein verliert, hätte so ausrutschen und 20 bis 25 Meter hinunterkollern können, ohne zu versuchen, sich an einer Wurzel, an einem hohen Grasbüschel oder sogar an den Steinen festzuhalten . . .«

»Vielleicht hat er das Bewußtsein verloren . . . Vielleicht hatte er einen Herzanfall oder sonst was . . . Das müßte doch feststellbar sein . . .«

»Gewiß ließe sich das feststellen«, unterbrach ihn Nicoleanu »wenn man die Autopsie rechtzeitig und fachmännisch durchführen würde . . .«

»Kannten Sie ihn seit langem?« fragte Zalomit.

»Näher kennengelernt habe ich ihn erst in den letzten drei, vier Jahren. Freilich hatte ich ihn schon früher einige Male getroffen. Da wir aber nicht dasselbe Fach ausübten, genauer gesagt, *er* übte es nicht mehr aus, hatten wir auch damals, zwischen 1960 und 1965, nicht Gelegenheit, öfters zusammenzukommen und einander näher kennenzulernen.«

»Warum betonten Sie, er hätte nicht mehr dasselbe Fach ausgeübt?« fragte Zalomit.

Nicoleanu blieb die Antwort schuldig, schwieg verlegen, schlug den Mantel enger um seine Schultern, suchte die Ärmel, zog den Mantel schließlich an, stand auf und knöpfte ihn bis oben zu.

Dann fragte er nach einer Weile: »Wie lange hatten Sie ihn nicht mehr gesehen?«

»In letzter Zeit trafen wir einander ziemlich selten, einmal in ein paar Jahren. Aber wir standen in Verbindung durch gemeinsame Freunde, durch Kollegen. Wir schrieben einander nur selten, da wir beide überaus beschäftigt waren, jeder mit seiner Arbeit, mit seinen Pflichten. Und dennoch, als er von Hagi Pavel erfuhr, ich würde in der zweiten Junihälfte nach Poiana Dornei kommen, schrieb er mir und schlug mir vor, daß wir zu dritt einige Tage hier in der Berghütte verbringen ... Warum nur, frage ich mich.« Nicoleanu rieb sich ungeduldig die Hände.

»Ich hätte gern gewußt, ob Sie auf dem laufenden waren mit seinen Forschungen, besser gesagt mit den Entdeckungen, die er vor etwa 10 bis 11 Jahren machte. Damals glaubten viele von uns, die wir uns in medizinischer Biologie spezialisierten, er hätte eine wirksame Therapie gegen Krebs entdeckt.«

»Das ist mir vor längerer Zeit auch zu Ohren gekommen. Wir diskutieren sogar darüber. Besser gesagt: ich fragte ihn aus, und er rückte nicht gleich mit der Sprache heraus, denn er war gehemmt durch seine sprichwörtliche Bescheidenheit; schließlich eröffnete er mir jedoch, er wäre in der Lage, die durch Krebs verursachte Sterblichkeitsrate unter die von Tuberkulose oder Syphilis hervorgerufene zu senken, würden äußere Umstände ihn nicht an der Weiterführung seiner Forschungsarbeiten hindern.«

»Stimmt. Das war längst bekannt; man wußte, daß Krebs eines Tages aufhören würde, ein unlösbares Problem zu sein ebenso wie die Pest und die Tollwut. Aber ob Dr. Tătaru Einzelheiten darüber verlauten ließ, weiß ich nicht.«

»Ich glaube kaum. Er sagte bloß, die Versuche, die er anstellte, wären ungemein ermutigend ...«

»So manch ein Versuch war vielversprechend«, fuhr Nicoleanu fort, »und zeitigte später nicht die erwarteten Ergebnisse. Die von Dr. Tătaru unternommenen Versuche, die uns vor etwa 12 bis 13 Jahren fasziniert hatten, waren anderer Natur. Sie setzten eine Umwälzung in der medizinischen Methodologie voraus, die mit allem, was man bisher in der wissenschaftlichen Bekämpfung des Krebses versucht, nichts gemein hatte. Natürlich mußte, wie es in solchen Fällen üblich ist, alles geheim bleiben, bis die positiven Ergebnisse in sogenannt minimalen Serien, d. h. in mindestens drei bis fünf Kliniken, überprüft werden konnten. So daß niemand von uns damals eine Ahnung hatte, worin die Versuche bestanden. Über ihre methodologischen Voraussetzungen hatten wir allerdings einiges erfahren. Und als wir uns in den letzten zwei, drei Jahren anfreundeten, weihte mich Dr. Tătaru ein wenig in das Geheimnis ein. Natürlich erzählte er mir nicht alles, aber das wenige genügte, um zu begreifen, daß die Dinge, die wir erfahren hatten, nicht Gerüchte waren, wie man später behauptete . . . Später hieß es nämlich . . .«

Er hielt inne, als fürchtete er, den Satz zu Ende zu sprechen, und schwieg eine Weile verlegen. »Nun ja«, fing er plötzlich wieder an, »jetzt kann man schließlich darüber sprechen, erstens weil Aurelian Tătaru nicht mehr am Leben ist, zweitens weil in den Labors der Russen und Amerikaner allem Anschein nach ähnliche Versuche unternommen werden. Natürlich weiß man in solche Fällen nie, was Realität und was nur leeres Gerede oder Propaganda ist. Mit einem Wort: Dr. Tătarus Idee war folgende: Krebs wird durch eine exzessive und anarchische Proliferation der Zellen eines Gewebes oder eines Organs hervorgerufen. Der physiologische Vorgang ist paradoxal. Denn das Phänomen der schwindelerregenden Vermehrung der Zellen weist auf einen positiven Impuls hin, und zwar auf die Regenerierung des betreffenden Gewebes oder Organs. An sich müßte das Auftreten eines Neoplasmas, die massive Proliferation der Zellen, zu einer totalen Regenerierung des Gewebes führen und schließlich zur Regenerierung und somit Verjüngung des ganzen Körpers. Aber diese positive Organveränderung wird vom irrsinnigen Rhythmus der Proliferation der Zellen und vom anarchischen, chaotischen Charakter des Aufbaus der Mikro- und Makrozellen aufgehoben. Man könnte glauben, wir hätten es da mit einem plötzlich amnesisch gewordenen Schöpfungssystem zu tun, mit einem ›a-teleologischen‹ physiologischen Vorgang, bar jeder Zweckmäßigkeit, mit einem unsinnigen, ziellosen, völlig dem Zufall überlassenen ›Schöpfungsprozeß‹.«

»Großartig!« rief Zalomit aus. »Einfach großartig! Wie sehr wäre Goethe über diese Deutung des Neoplasmas als einer chaotischen und sinnlosen Schöpfung erfreut gewesen. Und wieviel Freude hätte Goethes ›Metamorphose der Pflanzen‹, besonders das Kapitel ›Zur Morphologie‹, Aurelian bereitet, wäre ihm das Werk vor Augen gekommen. Ich werde es mir nie verzeihen, daß ich nicht darauf bestand, daß ich ihn nicht inständiger darum bat, mir Näheres über seine Versuche zu berichten! . . .«

»Wahrscheinlich hätte er Ihnen nicht mehr verraten«, fuhr Nicoleanu fort. »Er litt an einer fast pathologischen Bescheidenheit, worauf ich ihn einmal aufmerksam zu machen wagte.«

»Was ist dann geschehen? Ich habe von seiner Entdeckung, seiner neuen Behandlungsmethode nichts mehr gehört. Die Leute schwiegen sich darüber aus. Und auch er erwähnte, wenn wir uns trafen, nie jene so vielversprechenden Versuche.«

Nicoleanu seufzte tief und wies mit dem Arm auf das Tal, als wollte er Zalomit etwas zeigen, überlegte es sich jedoch und legte seine Hand resigniert aufs Knie.

»Was ihm in die Quere kam, weiß ich auch nicht so genau, aber als man ihn nach Giuleşti[1] versetzte – er wurde am dortigen Krankenhaus zum Chefarzt ernannt –, mußte er seine Versuche einstellen. Sind Sie ihm vielleicht um jene Zeit, so um 1960, 1961 begegnet?«

Zalomit versank eine Weile in Gedanken.

»Nein. Weder im Jahre 1960 noch im Jahre 1961 oder 1962.«

»Kollegen, die ihn damals sahen, bemerkten keinerlei Verbitterung an ihm. Er pflegte versonnen zu lächeln, wie es schon immer seine Art war. ›Was ich nicht entdeckt habe, werden andere entdecken‹, pflegte er zu sagen. Und dann änderte er das Gesprächsthema . . .«

Das war natürlich fatal, dachte Zalomit. »Ich hätte es längst begreifen müssen. Bei meiner Erfahrung ist das unverzeihlich. Das Projekt für den regionalen Atlas, drei Monographien, die auf die Drucklegung warteten, und alles,

1 Vorstadt von Bukarest.

was dann folgte: Ursaches Lächeln, als er ›Catastrofa-Trei-Jerarhi‹[1] erblickte, aber vor allem deren betretenes Schweigen, als ›Imaculata-Concepţiune‹[2] das Wort ergriff . . .«

Er fühlte, wie das Blut ihm in die Wangen schoß, und drehte sich plötzlich zu Nicoleanu um.

»Aber wie gedachte Aurelian eigentlich den Proliferationsprozeß der Zellen in die richtige Bahn zu lenken? Worin bestanden seine Versuche?«

»Genaueres ist mir auch nicht bekannt. Doch soviel ich weiß und von ihm gehört habe, hoffte Tătaru, eine organische Lösung oder ein Serum zu erzeugen, eine Lösung, die, in die Stelle gespritzt, an der sich die Proliferation manifestierte, eine ›Anamnese‹, ein ›Wachrütteln‹ des teleologischen Instinktes, wie wir das Phänomen im Scherze nannten, hervorrufen sollte. Natürlich sind das lediglich Metaphern. Was er, wie er glaubte, im Begriff war zu entdecken, war ein Mittel zur Umlenkung des organischen Impulses. Einmal sagte er mir: Im Grunde wird meine Entdeckung mehr in der

1 Die ›Trei-Jerarhi'-Katastrophe‹ (bekannte Kirche in Jassy).
2 Die unbefleckte Empfängnis – Beides Spitznamen von Kollegen.

Verjüngungsmedizin als zur Heilung von Krebs angewandt werden. Weil das Krebsleiden, wie er behauptete, nach ein, zwei Generationen als soziale Plage verschwinden würde. Die Regenerierung der Zellen und die Alterserscheinungen uns jedoch noch zu schaffen geben würden . . .«

»Ein Phänomen der Anamnese des teleologischen Instinktes, vorhanden in jedem Mikroorganismus«, wiederholte Zalomit die Worte langsam und mit Nachdruck. »Wenn er das begriffen hat, hat er alles begriffen . . .«

Darauf gab er sich einen Ruck und stand auf. »Ich glaube zu träumen. Alles, was sich seit gestern nachmittag ereignet hat, erscheint mir unwirklich.«

»Auch mir«, bestätigte Nicoleanu und erhob sich schwerfällig. »Ich kann's nicht glauben, daß er gestolpert und 20 bis 25 Meter in die Tiefe abgestürzt ist, denn der Hang ist an der Stelle gar nicht so steil.«

»Es erscheint mir unwirklich«, fuhr Zalomit, den Kopf nach vorn geneigt, fort, »daß wir, nachdem wir mit den Blicken dem Rettungswagen gefolgt waren, der Aurelian Tătarus entseelten Körper fortführte, in die Schutzhütte zurückkehrten und Dadu, ich meine Hagi Pavel, zwei Flaschen Wein bestellte. Ich kann's einfach nicht fassen, daß es tatsächlich so war, daß es wirklich geschehen ist . . .«

Er hatte das Gefühl, kaum eingeschlafen zu sein, als Hagi Pavel ihn mit den Worten weckte:

»Steh geschwind auf, man will uns verhören. *Au fond, mon vieux, nous sommes suspects*«, fügte er im Flüsterton hinzu.

Draußen im Hof wurde er vom grellen Licht des Sommermorgens geblendet. Alle waren um einen brünetten, finster dreinblickenden jungen Mann versammelt, der mit einem Notizblock in seiner Linken gestikulierte und ihn gleich in Empfang nahm:

»Genosse Professor Filip Zalomit? Sie sind vorgestern Abend in einem Wagen des Instituts für Pflanzenphysiologie aus Poiana Dornei hergekommen. Dr. Aurelian Tătaru erwartete Sie auf der Terrasse zusammen mit dem Genossen Ingenieur Hagi Pavel und dem Genossen Dr. Nicoleanu. Stimmt das?«

»Jawohl«, bestätigte Zalomit und wagte nicht,

seine Gefährten anzusehen.

»Dann können wir aufbrechen. Um keine Zeit zu verlieren, werden wir mit dem Auto hinfahren.«

»Genosse Ciubotariu«, wandte Hagi Pavel ein, »es ist ganz nahe, kaum ein Kilometer weit ...«

»Wir dürfen keine Zeit verlieren«, wiederholte Ciubotariu.

Nachdem sie ausgestiegen waren, räusperte er sich mehrmals und fing feierlich an:

»Um jede Zeugenbeeinflussung auszuschließen, bitte ich Sie, kein Wort mehr miteinander zu wechseln und mir zu zeigen, wie Sie gestern, am 22. Juni, gegen zwei, halb drei Uhr nachmittags diesen Weg eingeschlagen haben. In Ihren Erklärungen heißt es, Dr. Aurelian Tătaru wäre schnell vorangegangen, hätte sich also von Ihnen entfernt. Wieviel Meter Vorsprung hatte er ungefähr?« fragte er, sich an Nicoleanu wendend.

»Schwer zu sagen. Vielleicht 40 bis 50 Meter. Keineswegs mehr als 100 Meter. Aber der Bäume wegen hatten wir ihn aus den Augen verloren.«

»Hat keiner von Ihnen ihn mehr gesehen?«

fragte Ciubotariu und ließ seine Blicke von einem zum andern wandern.
»Nein.«
»Sie haben ihn also nicht mehr gesehen«, sagte er abschließend, befeuchtete sich den Finger und blätterte sorgfältig eine Seite in seinem Notizblock um. »Um Mißverständnisse zu vermeiden, bitte ich Sie, mir jetzt zu zeigen, wie Sie auf dem Pfad gingen, in welcher Distanz voneinander. Beginnen Sie mal, Genosse Professor.«
»Anfangs gingen wir Seite an Seite. Dann, als der Pfad sich verengte, reihten wir uns einer hinter dem andern ein und setzten den Weg im Gänsemarsch fort. Eine Weile ging ich voran, aber dann . . .«
»Gestatten Sie«, unterbrach ihn Ciubotariu. »War es wirklich so?« wandte er sich an die beiden anderen. »Befand Professor Zalomit sich tatsächlich eine Weile an der Spitze?«
»Genau«, bestätigte Hagi Pavel. »Ich war ein, zwei Schritte hinter ihm zurückgeblieben, aber bald, nach etwa fünf bis sechs Minuten, blieb Filip, ich meine Professor Zalomit, der, wie Sie ja wissen, Botaniker ist, vor einem Unkraut stehen und bückte sich, um es näher zu be-

trachten. Da ging ich voraus, gefolgt von Dr. Nicoleanu.«

Ciubotariu sah sie der Reihe nach prüfend an. »Dann also los«, sagte er. »Gehen Sie, bitte, tunlichst in derselben Reihenfolge wie gestern. Ich schließe mich Ihnen als letzter an. Und ich ersuche Sie, nicht miteinander zu reden.«

Nach etwa zehn Minuten verließ Nicoleanu den Pfad und erklärte:

»Gestern blieb ich hier stehen und bat die anderen, nicht auf mich zu warten. Ich stieg zwischen den Tannen ein wenig hinauf, ungefähr dort«, zeigte er mit ausgestrecktem Arm. »Sie begreifen warum . . . Ich bin sowohl Arzt als auch Biologe«, fügte er hinzu, als er bemerkte, daß Ciubotariu ihm mit finsterer Miene zuhörte.

»Deshalb also waren Sie nicht zugegen . . .«

»Ich glaube, daß auch die beiden anderen nicht zugegen waren . . .«

Ciubotariu schlug wieder seinen Notizblock auf.

»Jawohl, auch sie nicht. Das hat jedenfalls jeder von Ihnen schriftlich erklärt. Und wie lange blieben Sie allein?«

»Etwa acht bis zehn Minuten. Dann beschleunigte ich meinen Schritt, um die anderen einzuholen . . .«

»Konnten Sie die anderen von weitem sehen?«

»Nein. Wie Sie sich jetzt selber überzeugen können, ist jeder, der vorgeht, nach zwei, drei Minuten außer Sicht. Der Pfad verläuft hier nicht gerade. Nach mehreren Windungen verliert er sich zwischen den Tannen . . .«

»Dann wollen wir uns beeilen«, erklärte Ciubotariu.

Am Waldrand erwarteten sie schweigend Nicoleanu und Hagi Pavel.

»Hier waren wir angekommen, als ich einen erstickten Schrei und dann ein dumpfes, mir unverständliches Geräusch hörte, das vermutlich vom Herunterkollern seines Körpers herrührte«, begann Hagi Pavel.

»Da eilten wir beide hin«, fügte Zalomit hinzu.

Ciubotariu ging schweigend vor und winkte ihnen, ihm zu folgen. Als sie die Lichtung erreichten, beschleunigten sie ihre Schritte. Ungefähr hundert Meter weiter erwartete sie ein Milizionär, der gelangweilt rauchte.

»Von hier aus erblickten wir ihn«, sagte Hagi Pavel und wies mit der Hand auf den Abhang.

»Ich glaubte, ihn stöhnen zu hören, bin jetzt

dessen aber nicht mehr sicher. Binnen einer Minute waren wir beide bei ihm. Wir begriffen nicht, was geschehen war, konnten uns seinen Sturz nicht erklären und nahmen die Sache nicht allzu ernst. Wir wollten ihn aufheben und forttragen. Als wir ihn jedoch berührten, schloß er die Augen und stöhnte.«

»Stimmt das?« wandte sich Ciubotariu an Zalomit. »Hat er gestöhnt?«

»Ja, er stöhnte, dann öffnete er jedoch die Augen und versuchte zu lächeln. Und da wir beide wie vor den Kopf gestoßen dastanden und ihn mit Fragen bestürmten: ›Was ist passiert? Wie bist Du gefallen?‹, sah er uns mit einem unbeschreiblichen Ausdruck im Gesicht an und flüsterte ganz klar, ohne jedes Zögern die Worte: *›Les Trois Grâces . . .‹*«

»Les Trois Grâces« wiederholte Ciubotariu. »Das haben Sie auch in Ihrer Erklärung angegeben. Hat er sonst nichts anderes gesagt, weder vorher noch nachher?«

»Nein. Wir starrten ihn beide entgeistert an und hofften, er würde noch etwas hinzufügen, da erkannte ich, daß er tot war.«

»Er war tot«, erklärte auch Hagi Pavel.

»Warum waren Sie so sicher, daß er tot sei«, fragte Ciubotariu.

»Wir haben beide den Krieg mitgemacht«, erklärte Hagi Pavel. »Aber ich wollte es mir nicht eingestehen, daß er tot war, und legte ihm daher noch die Hand aufs Herz, nur so, als einen letzten Versuch . . .«

»Da trat auch ich hinzu«, griff Nicoleanu ins Gespräch ein. »Ich legte ihm auch die Hand aufs Herz . . . Es stand außer Zweifel: Er war tot.«

Erst als wir aus dem Auto stiegen, erfuhren wir, daß das Verhör keineswegs abgeschlossen war.

»Um jeden Zweifel auszuräumen«, sagte Ciubotariu, »möchte ich noch zwei, drei Einzelheiten klären. Gehen wir für einen Augenblick in die Direktion.«

Der Milizionär öffnete ihnen die Tür, zog sich dann zurück und ließ sie allein. Ciubotariu wies auf die Stühle, setzte sich an den Schreibtisch und fing in seinem Notizblock zu blättern an.

»Aus Ihren schriftlichen Erklärungen geht hervor, daß Sie ziemlich selten zusammenkamen, wiewohl Sie eng miteinander befreundet waren. Wie kommt es dann, daß Sie jetzt, zum erstenmal nach sehr vielen Jahren einander trafen, dazu noch hier in Şeştina, in einer Berghütte? Genosse Professor Zalomit behauptet, Dr. Tătaru hätte erfahren, er würde sich in Poiana Dornei aufhalten, hätte ihm darauf geschrieben und ihn eingeladen, einige Tage hier in der Hütte mit ihm zu verbringen. Den Brief dürften Sie doch aufbewahrt haben«, fügte er, an Zalomit gewandt, hinzu.

»Ich hoffe, ich habe ihn aufbewahrt.«

Ciubotariu drehte sich zu Hagi Pavel um.

»Und der Genosse Ingenieur? In Bukarest kamen Sie ziemlich selten mit ihm zusammen, das geben Sie jedenfalls in Ihrer schriftlichen Erklärung an.«

»Stimmt, zu dritt trafen wir uns ziemlich selten. Professor Zalomit sah ich zu einer Zeit, da wir im selben Viertel, im Popa Nan, wohnten, häufiger. Dr. Tătaru traf ich vorigen Winter nach vielen Jahren zum ersten Mal wieder, dann kamen wir allerdings mehrmals zusammen. Ich erzählte ihm vom Gebäudekomplex, den man in Faraoane, genau 120 Kilometer von hier entfernt, zu errichten plante und der vom 15. März an meine Arbeitsstätte sein sollte, worauf Aurelian mich für die zweite Junihälfte einlud. Er sagte mir damals, wir würden wieder einmal zu dritt sein ... Dies Projekt war leicht durchzuführen«, fügte er mit einem traurigen Lächeln hinzu, »weil der Zufall es wollte, daß zwei von uns ledig geblieben waren und der dritte sich vor langer Zeit von seiner Frau geschieden hatte. Wir waren sozusagen ungebunden. Während der Sommerferien konnten wir uns wo immer treffen. Einer von uns mußte nur die Initiative ergreifen und die anderen rechtzeitig verständigen.«

»So war's auch mit mir«, sagte Nicoleanu. »Dr. Tătaru verständigte mich rechtzeitig ... Ich bin Witwer«, fügte er hinzu.

Er hörte eine unbekannte Stimme dicht an seiner Tür. »Ist nicht nötig, werde mich ihm selber vorstellen.«

Im nächsten Augenblick ging die Tür auf und herein trat ein Mann mittleren Alters, blond, hochgewachsen, hager, das schüttere Haar mit peinlicher Sorgfalt über den ganzen Schädel verteilt. Er kam mit ausgestreckter Hand auf

ihn zu und stellte sich vor:
»Emanuil Albini. Von der Ermittlungs- und Untersuchungsabteilung.«
Darauf setzte er sich auf den Stuhl vor den langen Holztisch und ließ seinen Blick ohne sonderliches Interesse über die Schachteln schweifen, in denen Zalomit seine botanischen Schätze aufbewahrte.
»Es sind Pflanzenfossilien oder Spuren von Fossilien«, bemerkte Zalomit lächelnd. »Die meisten von ihnen Farnkräuter und Nadelbäume aus dem Paläozoikum.«
Albini betrachtete ihn neugierig, als bemühe er sich zu erraten, welche Absicht Zalomit hinter dieser weder elementaren noch gelehrten Terminologie wohl zu verbergen versuchte.
»Interessieren Sie sich so sehr dafür?« fragte er und stellte seine Aktentasche neben den Stuhl.
»Für die Paläobotanik?« lächelte Zalomit. »Für die Paläobotanik interessieren sich vor allem die Detektive unter den Botanikern, ich aber gehöre zu den Poeten unter den Botanikern. Allerdings interessiert mich auch die Flora der Karpaten und daher . . .«
»Warum haben Sie keine Verse mehr veröf-

fentlicht, Genosse Professor?« unterbrach ihn sanft Albini.

Verlegen, weil er wußte, daß er errötet war, rückte Zalomit seinen Stuhl näher zum Tisch.

»Ich hätte nicht geglaubt, daß jemand sich nach 40 Jahren erinnern würde . . .«

»›*Maculatele Corole*‹[1], von Filip Zalomit . . . Ich habe die Gedichte als Gymnasiast gelesen und seither wenigstens fünfmal wiedergelesen . . .«

»Das klingt ja geradezu unwahrscheinlich«, sagte Zalomit immer erregter. Er spürte, wie ihm das Blut in die Wangen schoß.

»Belanglose, blasse Jugendverse mit Anklängen an Ion Barbu und Paul Valéry.«

»Auch an Dan Botta und andere. Aber ich finde sie weder belanglos noch blaß, sonst hätte ich sie ja nicht so oft gelesen . . . Ich habe immer wieder alle Zeitschriften durchgeblättert, fand aber den Namen Filip Zalomit in keiner. Haben Sie vielleicht Gedichte unter einem Pseudonym veröffentlicht?«

»Nein. Ich habe nichts mehr veröffentlicht . . . Eigentlich habe ich seit damals, seit jenem Sommer, keine Verse mehr geschrieben.«

1 Die unbefleckten Blumenkronen (Anm. des Übersetzers).

»Ich habe auch Verse geschrieben«, gestand Albini in seltsam nostalgischem Ton. »Schon als Gymnasiast schrieb und veröffentlichte ich Gedichte. Ich veröffentlichte sie unter fünf verschiedenen Pseudonymen«, fügte er mit einem verträumten Lächeln hinzu. »Aber ich schmiede längst keine Verse mehr. Wic sagten Sie nur vorige Woche in der Berghütte: Schuster, bleib bei deinen Leisten. Ich blieb das, wofür ich von Anfang an bestimmt war: Ein Erforscher der Wahrheit.«
Einen Augenblick lang sah er ihn prüfend an, dann griff er hastig in seine Brusttasche und zog ein Päckchen Zigaretten hervor.
»Ich weiß, daß Sie nicht rauchen, und hoffe, daß der Rauch der englischen Zigaretten den Pflanzenfossilien nicht schaden wird . . .«
»Nein«, sagte Zalomit und reichte ihm einen Teller aus gebranntem Ton. »Sie sind den Rauch gewohnt . . .«
Albini lachte kurz auf und drehte sein Feuerzeug zwischen den Fingern.
»Wissen Sie, bezüglich der ›*Deux ou trois grasses*‹ hatten Sie aber nicht recht«, fuhr er fort, nachdem er sich die Zigarette angezündet hatte. »In einem Brief vom Januar 1930 schrie-

ben Sie folgendes an Aurelian Tătaru. Ich habe die Fotokopie mit.«

Er öffnete seine Aktentasche und holte eine Mappe mit leicht verblichenen Rändern hervor.

»Doch lesen Sie ihn besser selber«, fügte er hinzu und reichte ihm die Fotokopie.

Zalomit starrte auf das Papier, wurde sich aber nach einer Weile dessen bewußt, daß er mit den Augen die Zeilen verfolgte, ohne zu verstehen, was er las. »Im Grunde sind wir beide verdächtig« dachte er. »Nur wir beide waren zugegen. Ich brauche keine Angst zu haben. Habe eigentlich keine Angst. Zum Glück bin ich ja über 60 und wie jeder Intellektuelle über 60 anfällig. Beim ersten Schlag klappe ich zusammen. Ein Infarkt, ein Gehirnschlag und was es so alles noch gibt. Zum Glück bin ich nicht mehr jung. Was können Sie mir schon anhaben . . .«

»Sie konnten sich also überzeugen, daß Genosse Ingenieur Hagi Pavel recht hatte«, meinte Albini nach einer geraumen Weile. »Das Gedächtnis, dieser ständige Hochverräter . . . Wenn ich das Wort ›ständige‹ weglasse, klingt es wie eine Verszeile. ›Das Gedächtnis, dieser Hochverräter . . .‹«

»Ja«, flüsterte Zalomit und versuchte, sich aus seinen Wachträumen zu reißen. »Es könnte . . . Es wäre ein schöner Vers . . .«

»Leider muß ich jedoch beide Hypothesen, sowohl Ihre als auch die des Ingenieurs Hagi Pavel zurückweisen. Dr. Tătarus letzte Worte hatten nichts mit Ihren Erinnerungen aus der gemeinsamen Studienzeit zu tun. Sie bezogen sich weder auf die drei Villen bei Vevey, noch auf die . . . *les trois grasses* . . .«

»Wirklich?!« rief Zalomit aus. »Sie waren dennoch . . .«

»Unter Dr. Tătarus Papieren«, unterbrach ihn Albini, »fand man ganz genaue Hinweise. Mit *›Les Trois Grâces‹* waren diesmal drei Patientinnen aus dem Brancovici-Krankenhaus gemeint, wo Dr. Tătaru im Jahre 1960 sein Serum ausprobierte.«

»Ja, dann«, stammelte Zalomit ganz aufgewühlt.

»Ich habe das von Dr. Căpăţână erfahren, dem Chirurgen, mit dem Tătaru damals, in den Jahren 1950 bis 1960 im Brancovici-Krankenhaus zusammenarbeitete. Und auch andere Zeugen bestätigten es mir: Dr. Huţan, Aure-

lian Tătarus engster Mitarbeiter, zwei Krankenschwestern, Professor Dr. Nedelcu, der Chef der onkologischen Abteilung.«
Er hielt im Sprechen inne, betrachtete Zalomit eine Weile wie geistesabwesend und schaute dann zum Fenster hinaus.
»Wenn ich Dr. Nicoleanus Aussagen Glauben schenken darf«, fuhr er fort, »waren Sie mit Aurelian Tătarus Forschungsarbeiten nicht auf dem laufenden. Nun aber wissen Sie Bescheid: Es ging um eine Behandlung, die sowohl das Bestrahlen als auch jeden chirurgischen Eingriff ersetzen sollte. Ersetzen *sollte*, aber das Serum war noch nicht genügend erprobt worden, und Dr. Tătaru wagte nicht, gegen die Bestrahlung und das Operieren Einspruch zu erheben. Im April 1960 isolierte Professor Dr. Nedelcu in einem Flügel des Krankenhauses drei kürzlich operierte Patientinnen. Er stellte sie mit anderen Worten Dr. Tătaru und seinen Mitarbeitern zur Verfügung. Durch einen Zufall, der Sie als Dichter nicht so sehr überraschen dürfte, hießen diese Patientinnen, die im Alter von 58, 60 und 65 Jahren standen . . .«
Er schlug in der Akte nach, zog ein Blatt hervor und fing zu lesen an:

»Aglae Irimescu, Frusinel Chiperii und Italia Gâldău. Als Dr. Tătaru auf den Karteikarten die Namen las, rief er, wie Dr. Huţan erzählt, aus: ›*Les Trois Grâces!*‹, die drei Grazien, Doktor: Aglae, Euphrosyne und natürlich Thalia, denn ›Italia‹ muß ein Tippfehler sein . . . nebenbei gesagt, war es gar kein Fehler: die Frau hieß tatsächlich mit Vornamen Italia. So daß wir es eigentlich mit zwei oder drei Grazien zu tun haben . . . Aber Sie blinzeln ja gar nicht mehr, Genosse Professor?« fragte er ihn nach einer Weile. »Sie brauchen sich nicht so zu beherrschen. Fühlen Sie sich nicht gut?«

»Ich kann's nicht fassen«, flüsterte Zalomit und rieb sich die Augen.

»Alles, was darauf folgte, ist tatsächlich unfaßbar«, fuhr Albini fort. »Denn, ich betone, alle Berichte, alle Ergebnisse waren höchst zufriedenstellend, sie überstiegen, wie Dr. Huţan mir versicherte, die kühnsten Erwartungen. Und dennoch wurde die Behandlung nach etwa drei Wochen, genauer genommen nach 22 Tagen, abgebrochen. Und Dr. Tătaru wurde zum Chefarzt des eben eröffneten Krankenhauses in Giuleşti ernannt.

»Aber weshalb?« fragte Zalomit, die Stimme senkend, und rückte seinen Stuhl wieder näher zum Tisch.

Albini zerdrückte seine Zigarette langsam im Teller aus gebranntem Ton.

»Weil es gewissen Leuten an Vorstellungskraft mangelt ... Wenn die marxistisch Denkenden sich entschließen werden, endlich auch ihr Vorstellungsvermögen voll einzusetzen«, fügte er, die Worte mit Nachdruck betonend, hinzu, »wird die Revolution überall, von einem Ende des Planeten bis zum anderen triumphieren ... Das Abbrechen der Versuche ist der mangelnden Vorstellungskraft von Professor Dr. Nedelcu, Dr. Tătarus Vorgesetztem, und jener, die sich von ihm ins Bockshorn jagen ließen, zu verdanken. Alle befürchteten sie, der Erfolg dieser Therapie könnte ein Wiederaufflackern des religiösen Obskurantismus zur Folge haben ...«

»Das begreife ich nicht«, flüsterte Zalomit.

»In einem Bericht an die Kaderabteilung schrieb Professor Nedelcu, Aurelian Tătaru hätte Anspielungen religiöser Natur gemacht, sei allerdings dann mit einem Scherz darüber hinweggegangen. Er führte sogar Beispiele an:

Dr. Tătaru soll sich einmal in einer Gruppe von Ärzten geäußert haben, Adam und Eva wären im Paradies periodisch durch Neoplasma regeneriert, also verjüngt worden. Der menschliche Körper hätte die geheimnisvolle Fähigkeit der periodischen Regenerierung und somit der ewigen Jugend erst nach Aufkommen des Begriffes Sünde eingebüßt; seither riefe die blindwütige Proliferation der Zellen einen bösartigen Tumor hervor, sooft der Körper versuche, diesen Vorgang durch eine plötzliche und sonderbare Anamnese zu wiederholen.«

»Das kann doch nur ein Scherz gewesen sein!« rief Zalomit aus.

»Vielleicht war es nicht bloß im Scherz gemeint, aber was zählten schon Dr. Tătarus Metaphern und theologische Kommentare, solange sie nicht einer konterrevolutionären Bewegung Auftrieb gaben? Hätten Professor Nedelcu und die Leute von der Kaderabteilung Vorstellungsvermögen gehabt, so hätten sie begriffen, daß es einzig und allein auf die Wirksamkeit des Serums ankam. Menschen ohne Vorstellungskraft lassen sich aber von Klischees und Schlagwörtern leiten. Religiöser

Obskurantismus!« rief Albini, plötzlich erheitert, aus, als hätte er sich an einen gelungenen Kalauer erinnert. »Natürlich ist magischer und religiöser Aberglaube höchst gefährlich. Aber selbst sowjetrussische Gelehrte haben sich nicht gescheut, die Lehren der Yogi und Schamanen zu studieren, und die bedeutsamsten Fortschritte auf dem Gebiet der psychometrischen und parapsychologischen Untersuchungen wurden in sowjetischen Labors erzielt ...«

Er machte eine Kunstpause und sah Zalomit bedeutungsvoll an, als suche er bei ihm Verständnis für seine Worte.

»Wir haben zehn Jahre verloren«, fuhr er nach einer Weile fort. »Und die Chancen, die Formel fürs Serum wiederzufinden, sind minimal. Denn, nachdem Dr. Tătaru nach Giulești versetzt wurde, ging ein Teil des Labors, das er auf der Fakultät eingerichtet hatte, zu einer anderen Abteilung über, die Serumreserven wurden vernichtet und, was allem die Krone aufsetzt, Dr. Huțan, der durch die Mitarbeit mit Aurelian Tătaru seine Karriere kompromittiert glaubte, verbrannte alle persönlichen Notizen und sattelte um; er beschäftigt sich

seit zehn Jahren ausschließlich mit Pädiatrie ...«
Albini schaute wieder zum Fenster hinaus, heftete seinen Blick auf den frisch gestrichenen Bretterzaun und die verkümmerten Weichselbäume mit dem spärlichen Laub und den verdorrten Früchten, die man aus Mitleid nicht abgepflückt zu haben schien. In Gedanken verloren, begann er sein Feuerzeug zu suchen.
»Dennoch finde ich es absurd, daß ein Gelehrter dieses Ranges wegen einiger Scherze des religiösen Obskurantismus verdächtigt werden konnte«, wagte Zalomit das Schweigen zu brechen, das sich unnatürlich lange hinauszog.
»Es handelt sich nicht um einige Scherze. Aus den Berichten, die ich vorige Woche las, geht hervor, daß Dr. Tătaru tatsächlich an theologischen Problemen interessiert war. Oder, vielleicht nur an einem ganz bestimmten theologischen Problem, und zwar ...«
Er stockte und zündete sich plötzlich eine Zigarette an.
»Das fällt mir schwer zu glauben«, räumte Zalomit ein. »Wir kamen nicht allzuoft zusammen, aber ich habe nie auch nur die geringste

Anspielung auf irgendein religiöses Problem von ihm gehört.«

»Dasselbe erklärten auch Dr. Nicoleanu und Ingenieur Hagi Pavel wie auch andere seiner Bekannten. Aber im Jahre 1960, als er sich mit jener neuen Behandlungsmethode befaßte, bezog er sich gern auf theologische Probleme, besonders auf die des Alten Testaments. Allerdings waren manche seiner Bemerkungen so an den Haaren herbeigezogen, daß man sich fragen muß, was er wohl damit gemeint haben mag.«

Er schlug die Akte auf und begann in ihr zu blättern. »Ein Röntgenologe, zum Beispiel, berichtet, Tătaru hätte ihm einmal folgendes gesagt: ›Ich wundere mich, daß niemand bisher das treffendste Argument für die These anführte, die Erbsünde hätte die ganze Menschheit ins Verderben gestürzt, nämlich das Argument, daß auch die Tiere an Krebs erkranken können.‹«

»Es ist dennoch seltsam, daß er niemals . . .«

»Wahrscheinlich interessierten ihn die theologischen Probleme nicht mehr, nachdem er seine Versuche abbrechen mußte. Wie sie auch uns nicht interessieren. Aufrichtig gesagt, wäre diese Angelegenheit längst in Vergessenheit geraten, wären nicht in jüngster Zeit im Zusammenhang damit neue Fakten ruchbar geworden. Zunächst Informationen, die aus sicherer Quelle zu stammen scheinen, denn sie bleiben gleichlautend seit ungefähr zwei Jahren, Hinweise, daß in der Sowjetunion und in Amerika unter strengster Geheimhaltung Versuche in der gleichen Richtung unternommen werden.«

»Wie können wir wissen, daß es die gleichen Versuche sind?«

»Jedenfalls wissen wir, daß man dort keine der üblichen Therapien anwendet und nach einer Möglichkeit sucht, den Proliferationsprozeß der Zellen unter direkte Kontrolle zu bringen. Aufgrund dieser Hinweise haben sich einige Forscher an Dr. Tătarus Versuche erinnert und wollten erfahren, was mit den ... nennen wir sie: *Trois Grâces* geschehen ist.«

»Das wollte ich auch gerade fragen«, flüsterte Zalomit ganz aufgeregt.

»Aller Wahrscheinlichkeit nach schlug die Behandlung bei allen drei Patientinnen an, und sie wurden geheilt. Das ergaben jedenfalls die Nachuntersuchungen, denen sie sich sechs

Jahre lang unterzogen. Dann aber, seit dem Jahre 1967 erschien keine von ihnen mehr zur Kontrolle. Im Brancovici-Krankenhaus hieß es, man hätte ihre Spur verloren. Erkundigungen, die wir letztens einholten, ergaben schließlich, daß Italia Gâldău im Jahre 1969 von einem Auto überfahren wurde und unterwegs im Rettungswagen starb, und daß Aglae Irimescu zwei Jahre später in die Vereinigten Staaten auswanderte, wo sie Verwandte hatte. Über Frusinel Chiperii konnte man bislang nichts erfahren, weil Frusinel, recte Euphrosyne zwei oder sogar dreimal den Namen wechselte. Sie war zweimal verheiratet gewesen. Vom ersten Mann war sie geschieden, der zweite hatte sie verlassen, und Genossin Euphrosyne änderte ihre Ausweispapiere je nach Belieben. Sollte sie noch am Leben sein, werden wir sie schließlich ausfindig machen. Aber was werden wir von ihr schon erfahren? . . .«

Er schwieg, öffnete niedergeschlagen die Aktentasche und steckte versonnen die Akte hinein.

»Jedenfalls werden wir von ihr nicht die Methode erfahren, nach der Dr. Tătaru das Serum herstellte. Das könnten wir nur durch Sie,

Genosse Professor, erfahren«, fügte er nach einer Weile hinzu und bemühte sich wieder, Zalomits Blick festzuhalten.

»Durch mich?«

Albini versuchte gar nicht, seine Genugtuung zu verbergen, und lachte hell auf.

»Ich sage: Wir könnten es erfahren«, wiederholte er. »Es ist gar nicht sicher. Aber unsere einzige Hoffnung, d. h., die Hoffnung der rumänischen Wissenschaft, sind Sie ... Wäre ich sonst bei dieser Hitze durchs halbe Land gereist, um Sie hier, in diesem gottverlassenen Nest mit den halb verdorrten Weichselbäumen aufzustöbern? Warum lassen Sie die Bäume übrigens nicht fällen?«

Zalomit zuckte verlegen mit den Achseln und lachte gezwungen.

»Wir können da nicht eingreifen. Die Obstbäume gehören der Kollektivwirtschaft.«

Albini sah ihn weiterhin prüfend an.

»Das wollte ich endlich erreichen«, fuhr er mit fester Stimme fort. »Ich wollte Sie lachen sehen. Denn Sie haben, seit ich weiß selbst nicht wie lange, sogar das Blinzeln bleiben lassen. Und ich frage mich: Haben sich die Dinge auch damals so verhalten, als einige Ihrer Kollegen, nennen wir sie Ursache oder ›Catastrofa-Trei-Jerarhi‹, Sie offiziell und schriftlich unterrichtet haben, daß man Ihre bereits im Druck befindlichen Arbeiten nicht veröffentlichen wird? Ist Ihnen auch damals das Blinzeln vergangen? Und leider handelte es sich in Ihrem Fall ja nicht einmal um Mangel an Vorstellungskraft, sondern einfach um Neid, dazu noch um einen hochgradigen: um Akademikerneid, auf das Vortrefflichste veranschaulicht durch das Treiben Ihrer Kollegen ›Catastrofa-Trei-Jerarhi‹ und ›Imaculata-Concepţiune.‹ Was Ursache anbelangt . . .«

Er ließ ihm nicht Zeit zu antworten, ergriff die Aktentasche, legte sie auf die Knie und streichelte sie behutsam mit beiden Händen.

»Als Dr. Nicoleanu mit Ihnen über den methodologischen Vorgang sprach, der die Voraussetzung für Aurelian Tătarus Entdeckung war, riefen Sie begeistert aus: ›Wie sehr hätte das Goethe gefallen!‹ Dann fügten Sie hinzu: ›Wenn Dr. Tătaru die ‚Metamorphose der Pflanzen' gelesen hätte . . .‹«

»Stimmt«, flüsterte Zalomit.

»Es ist der einzige Anhaltspunkt, den wir haben.«

»Ich begreife nicht recht, in welcher Weise dies ein Anhaltspunkt für Sie ist. Was mich damals frappierte ...«

»Es scheint Ihnen an den Haaren herbeigezogen«, unterbrach ihn Albini. »Aber wir dürfen nichts unversucht lassen ... Wie wär's, wenn Sie sich wieder in das Kapitel ›Zur Morphologie der Pflanzen‹ vertiefen und die Richtigkeit der Überlegungen überprüfen würden, die Sie damals in Şesţina in bezug auf die Ähnlichkeit der beiden Methoden anstellten? Wie wär's, wenn Sie sich alle Bilder ins Gedächtnis riefen – ich betone: *die Bilder* –, die Dr. Nicoleanus Enthüllungen Ihnen nahelegten, und sie in Zusammenhang brächten mit der Methode, die Goethe in seiner ›Metamorphose der Pflanzen‹ verwendete? Um die laufenden Arbeiten im Labor für Paläobotanik brauchen Sie sich nicht weiter zu kümmern. Die Universität hat Ihnen bereits einen unbegrenzten Urlaub bewilligt, damit Sie sich ungestört Ihren Forschungen im Zusammenhang mit Goethes botanischen Studien widmen können. Ab morgen dürfen Sie sich wieder in Bukarest aufhalten. Heute abend, spätestens morgen vormittag wird man Sie telegrafisch davon verständigen.«

Mit diesen Worten stand er auf, reichte ihm die Hand und ging zur Tür. Nach wenigen Schritten blieb er jedoch stehen, suchte etwas in der oberen Tasche seiner Jacke und zog eine Visitenkarte hervor.
»Hier ist meine Telefon-Nummer. Sobald Sie mir etwas mitzuteilen haben, ganz gleich, ob's wichtig oder weniger wichtig ist, rufen Sie mich getrost an, jederzeit: tagsüber und auch spät nachts«, fügte er lächelnd und mit einem Anflug von Traurigkeit hinzu.

Unruhig wälzte Zalomit sich im Bett wie vor Zeiten in seiner Jugend, wenn er einen quälenden Gedanken verscheuchen oder einen Alptraum abschütteln wollte. Er warf sich geräuschvoll hin und her, um die Stimme nicht mehr zu hören, die ihm ins Ohr flüsterte: »Sprechen Sie mir nach! Sprechen Sie mir nach! . . .« »Wer sind Sie nur?« hatte er gefragt. »Ich bin Calinic, ein Bekannter von Dr. Tătaru«, flüsterte der Fremde. »Ich habe ihn hier getroffen, wenige Tage, ehe Sie und seine anderen Freunde herkamen. Sprechen Sie mir nach«, wiederholte er, »aber sprechen Sie laut, so laut Sie können: Ich hörte, Sie würden sich im Wald von Crăciuna gut auskennen . . .«

»Ich hörte, Sie würden sich im Wald von Crăciuna gut auskennen«, hatte Zalomit so laut wiederholt, als richtete er seine Worte an einen Schwerhörigen. »Ich brauche einen Bergführer. Abends bringe ich Sie im Wagen heim . . .«

»Wozu die vielen Vorsichtsmaßnahmen?« hatte Zalomit sich gefragt. »Auf der Chaussee war ja in einem Umkreis von zwanzig Metern außer uns beiden niemand da. Konnte er mich nicht leise ansprechen und geschwind in meinen Wagen steigen? Wahrscheinlich machten wir uns durch so viel Getue erst recht verdächtig. Jedenfalls wandte jemand oben auf der Terrasse der Berghütte sich nach uns um.«

»Ich habe Sie auch damals am St. Johannistag gesehen«, erklärte ihm Calinic, nachdem sie losgefahren waren. »Ich sah Sie neben dem Rettungswagen und dann oben auf der Terrasse der Berghütte. Aber ich wagte nicht, Sie anzusprechen. Sie waren nicht allein . . .«

»Merkwürdig, daß ich ihn nicht gleich bemerkt habe«, sagte sich Zalomit. »Eine solche Erscheinung muß einem ja auffallen. Der

Mann sah von weitem wie ein Asket auf einer Freske aus, ein Jünger des Heiligen Antonius. Als er auf den Wagen zutrat, erkannte ich, daß er viel älter war, als ich dachte. Er war gut 70 bis 72 Jahre alt. Sein Haar dürfte sehr früh weiß geworden sein, denn es sah bereits vergilbt aus. Sein schütterer Bart erinnerte mich an den Titel eines Märchens, das ich in der vierten Volksschulklasse gelesen hatte: ›Der Bart des Kahlen.‹ Klammerte ich mich an diese Erinnerung, um Calinics versengendem Blick zu entgehen? Jenen weit aufgerissenen, geradezu unheimlich anmutenden, zinkfarbenen Augen, die im Schutze widerborstiger, buschiger Brauen tief in den Höhlen lagen? Durch seine Hagerkeit wirkte er fast groß. Sein linker Arm, steif von der Schulter aus, baumelte leblos an seinem Körper wie an einer Marionette.«

»Manche behaupten, Sie hätten mich im Gefängnis zum Krüppel geschlagen. Aber glauben Sie nicht, was die Leute reden. Es war der Wille Gottes, und er weiß, was er tut, weiß, daß der Mensch mancherlei erdulden muß, um aus seiner Lethargie zu erwachen«, sagte er überaus ernst. »Heute erwachte ich, ehe noch

der Morgen graute, und eine innere Stimme sagte mir: Heute wird dein Freund, Dr. Aurelian Tătaru, kommen. So hatte ich Zeit genug, zur Schutzhütte zu gelangen, fügte er nach einer Weile hinzu. Denn ich wohne auf der anderen Seite des Berges in einer Sennhütte. Woher Dr. Tătaru es erfahren hatte, weiß ich nicht, jedenfalls wollte er mich sehen . . . Und nun biegen Sie hier nach links ein. Es ist ein schlechter Weg, aber er führt zu einer Lichtung. Und dort können wir miteinander reden, ohne zu fürchten, daß uns jemand belauscht.«
Trotz dieser Sicherheitsvorkehrungen sah Calinic sich vorsichtig nach allen Seiten um, sobald wir aus dem Wagen gestiegen waren.
»Ich glaube, es wäre ganz gut, wenn wir einige Kräuter mitsamt den Wurzeln und ein, zwei Blumen vor uns ins Gras legten. Sollte jemand unvermutet auftauchen, würde ich dann so tun, als weihe ich Sie in Volksbräuche, in Glaube und Aberglaube im Zusammenhang mit diesen Pflanzen ein.«
Zalomit drehte sich im Bett wieder auf die andere Seite um, fand jedoch keine Ruhe. Calinics Worte wollten ihm nicht aus dem Sinn. Immer wieder und immer deutlicher vernahm

er die Worte: »Glaube und Aberglaube, Glaube und Aberglaube ...« »Darüber fragte mich Dr. Tąțaru immer wieder aus. Er sprach mich mit Vater Calinic an. Ich war nämlich Mönch, bin's eigentlich immer noch, wiewohl ich nach dem Verlassen des Gefängnisses nicht mehr ins Kloster zurückkehrte. Eine Zeitlang arbeitete ich beim Schwellenlegen für die Eisenbahn in Almaş. Als mein Arm mir dann den Dienst versagte, wurde ich fortgeschickt. Vater Calinic, sagte er ...«

»Haben Sie ihn gut gekannt?«

»In jenen Jahren, 1958, 1959, 1960 kannte ich ihn sehr gut. Er pflegte mich wenigstens einmal im Monat aufzusuchen. Damals lebte ich im Kloster Antim.«

»Und warum pflegte er Sie aufzusuchen?«

Darauf hatte Calinic nicht sogleich geantwortet. Er hatte eine Glockenblume in die Hand genommen und, mit traurigem Blick auf sie weisend, leise zu sprechen begonnen:

»Sehen Sie nur, wie schnell sie verwelkt! Wieviel Sünden wir doch begehen, um uns vor der Schlechtigkeit der Menschen zu schützen! Wenn Sie gestatten, werde ich weit ausholen«, fügte er hinzu. »Ich habe in Straßburg mein

Doktorat in protestantischer Theologie gemacht. Ich sage es Ihnen, damit Sie begreifen, warum Dr. Tătaru mich eines schönen Tages im Kloster Antim aufsuchte ...« Mit einem Mal klang nicht bloß seine Stimme verändert, er sprach gewählter, sein ganzes Verhalten war in unerklärlicher Weise verändert, er schien auch äußerlich wie verwandelt.

»Ich hatte vor vielen Jahren meine Doktordissertation über die Apokryphen des Alten Testaments veröffentlicht. Diese Arbeit war für Dr. Tătaru Anlaß, mich aufzusuchen. ›Vater Calinic‹, sagte er zu mir, ›ich komme mit einer großen Bitte zu Ihnen. Nachdem ich alle Apokryphen über Adam und Eva studiert, las ich auch Ihr Buch und gewann den Eindruck, daß Sie nicht alles drin gesagt haben, was Sie wissen ...‹ Ich sah ihn erstaunt an. Da fing der Doktor zu lachen an.

›Ich hoffe, Sie mißverstehen mich nicht‹, fügte er hinzu. ›Aber aus Ihrem Buch habe ich eins begriffen: daß in den Apokryphen, wie auch in manchen ketzerischen Schriften, wenn auch getarnt, eine Reihe von grundlegenden Wahrheiten fortbestehen. Sie leben fort, weil sie nach einem esoterischen Geheimcode verschlüsselt wurden ...‹ ›Habe ich das wirklich behauptet?‹ fragte ich ihn. ›Nicht ausdrücklich, aber angedeutet haben Sie es wohl, und darum bin ich eben hergekommen, um mehr von Ihnen zu erfahren ...‹ ›Ich muß Ihnen gestehen‹, unterbrach ich ihn von neuem, ›daß die Apokryphen des Alten Testaments mich längst nicht mehr interessieren. Ich bin nur noch an Theologie und Mystik interessiert, nicht aber an allgemeinem Wissen. Darum habe ich ja auch die Mönchskutte gewählt.‹ Dr. Tătaru schien irgendwie enttäuscht. ›Aber Hebräisch und Griechisch können Sie immer noch‹, sagte er mir. ›Auch mir geht es nicht um allgemeines Wissen, sondern um die Theologie der Apokryphen. Aber ich kann weder Griechisch noch Hebräisch und habe vor allem nicht eine theologische Ausbildung ...‹ Und weil ich in Gedanken verloren schwieg, fügte er hinzu: ›Es handelt sich um etwas sehr Ernstes und Wichtiges, Vater Calinic. Ihr Theologen begnügt euch mit dem theologischen Aspekt der Erbsünde, mir geht's aber um etwas anderes, um etwas viel Gewichtigeres und Komplizierteres: um die biologischen und medizinischen Implikationen des religiösen Phänomens Erbsünde . . .‹ Er hielt plötzlich inne und begann im Zimmer auf und ab zu gehen. ›Denn wir wissen heute, Vater Calinic, daß Gott seine eigene Schöpfung nicht vernichten wollte oder es nicht konnte. Der Mensch gleicht immer noch Adam und Eva vor ihrer Vertreibung aus dem Paradies, d. h. er ist mit den gleichen biologischen Virtualitäten ausgestattet. Der menschliche Körper hat alle ihm innewohnenden Fähigkeiten bewahrt, Vater Calinic, somit auch das Geheimnis des ewigen Lebens, das Adam verliehen worden war . . .‹«

Zalomit warf sich wiederum verzweifelt im Bett herum und preßte sich das Kissen aufs Ohr.

»Hören Sie mir zu«, hatte der Alte, die Stimme erhebend, ihm plötzlich gesagt. »Hören Sie mir aufmerksam zu, denn wir werden nicht mehr Gelegenheit haben, so ruhig und ungestört miteinander zu reden . . .«

Zalomit preßte sich wütend das Kissen aufs Ohr, aber der Alte blieb unerbittlich: »Hören Sie mir zu, Herr Professor!« Calinics eindringliche Ermahnungen hatten ihm zu Bewußtsein gebracht, daß er ihm tatsächlich seit langem nicht mehr zuhörte. Seine Gedanken waren zu Albini abgeschweift. Er hatte sich zu erinnern versucht, ob es Albinis Idee gewesen war, daß er auf dem Weg nach Bukarest an der Berghütte Halt machen sollte.

»Entschuldigen Sie, Vater Calinic, aber es ist mir etwas eingefallen, das ebenfalls in Zusammenhang mit Dr. Tătaru steht, etwas Wichtiges, doch ich wagte nicht, Sie zu unterbrechen. Sie behaupteten, der menschliche Körper hätte alle ihm innewohnenden Fähigkeiten bewahrt . . .« »Dr. Tătaru war davon tief überzeugt, wie er mir mehrfach versicherte. Denn so seltsam es klingen mag, wir freundeten uns an, und er suchte mich öfters auf. Und immer wieder kam er auf diese Ansicht zurück, die ihm zum Axiom wurde: Gott hätte die Lebensgesetze, die er für den menschlichen Organismus ersonnen hat, nie außer Kraft gesetzt. Das System, nach dem der Körper funktioniere, schließe indes ewige Jugend in sich, aus dem einfachen Grund, weil es ein System der Selbstregulierung und Selbstregenerierung sei. Die Erbsünde hätte den Mechanismus der Regenerierung nicht vernichten können, sondern ihn nur so verändert, daß er nicht mehr erkennbar sei. Mehr noch, sie hätte ihn durch physiologische Vorgänge getarnt, die dem Anschein nach auf genau das Gegenteil der Regenerierung hinzielen, sie hätte ihn unter dem Deckmantel bestimmter Krankheiten verborgen, insbesondere unter der gefährlichsten organischen Erkrankung: der Zellwucherung, dem Neoplasma.«

»Ja, das habe ich auch gehört. Aber nicht aus seinem Mund. Ich erfuhr es erst nach seinem Unfall von Dr. Nicoleanu. Aber ich begreife nicht, was das alles mit den Apokryphen des Alten Testaments, mit dem apokryphen Leben von Adam und Eva zu tun hat . . .«

»Das wollte ich Ihnen gerade näher erklären, aber ich bemerkte, daß Sie mir wohl tief in die Augen sahen, ohne zu blinzeln, mit Ihren Gedanken jedoch weit weg waren. Der Zusammenhang ist folgender: Dr. Tătaru glaubte, daß gewisse Fragmente der ursprünglichen Offenbarung in den apokryphen Büchern erhalten geblieben sind, wenn auch in entstellter Form. Nun wollte er von mir erfahren, ob es vielleicht einen Schlüssel gäbe, mit dessen Hilfe wir diese seit Jahrtausenden verborgenen und in Vergessenheit geratenen Offenbarungen enträtseln könnten. So fragte er sich, z. B., ob in den apokryphen Lebensgeschichten von Adam und Eva Anspielungen auf die Krankheiten vorkämen, an denen die beiden und ihre Nachfolger nach der Vertreibung aus dem Paradies gelitten hätten.«

Er hatte plötzlich innegehalten und mir eine Weile unschlüssig in die Augen geblickt.

»Fahren Sie fort, Vater Calinic, ich höre Ihnen zu.«

»Ich weiß, aber ich fragte mich, ob ich überhaupt das Recht hätte, näher darauf einzugehen. Ich habe das alles nur meinem Beichtvater anvertraut, und er meinte, wenn andere Zeiten kämen und ich jemandem begegnete, der die Voraussetzungen erfülle, diese Dinge zu erfassen, wäre ich meiner Schweigepflicht entbunden. Nun, ich bin ein alter Mann, und wenn ich es Ihnen nicht sage, der Sie doch ein Freund von Dr. Tătaru waren, werde ich alles, was er mir vor zehn bis elf Jahren anvertraute, mit ins Grab nehmen. Er hatte nicht gewagt, seine Erkenntnisse einem anderen mitzuteilen, weil er keinen anderen Theologen kannte und auch nicht kennenlernen wollte . . .« Und wieder schwieg der Mönch versonnen.

»Wenn Sie Bedenken haben, mich in das Geheimnis einzuweihen, so bestehe ich nicht darauf.«

»Nein, Sie als Wissenschaftler und als sein Jugendfreund sollten es wissen. Ich will Ihnen alles sagen, was sich mir nach vielen, langen Gesprächen mit Dr. Tătaru ins Gedächtnis eingeprägt hat. Er war zu einer völlig neuen Auffassung über Krankheiten gelangt. Seiner Ansicht nach waren die Krankheiten unsere einzige Chance, das wiederzuerlangen, was unsere Urahnen, Adam und Eva, verloren haben, nämlich Jugend ohne Alter und ein Leben, dem keine bestimmten Grenzen gesetzt sind. Deswegen wollte er von mir erfahren, was in den Apokryphen des Alten Testaments über den Ursprung und die Bedeutung der Krankheiten geschrieben steht. Allerdings gestand er mir, es gelänge ihm nicht, seine Entdeckung mit der Theologie in Einklang zu bringen. ›Warum‹, fragte er mich immer wieder, ›*warum* werden alle Krebskranken sehr bald nicht bloß geheilt, sondern regeneriert und verjüngt werden, während noch sehr viele Jahre vergehen werden, ehe die medizinische Biologie imstande sein wird, das System der periodischen Regenerierung und Verjüngung auch auf gesunde Menschen zu übertragen?‹ Begreifen Sie seine Erwägungen?«

»Einiges davon glaube ich schon zu begreifen. Vorläufig stellt das Neoplasma die einzige Verjüngungschance dar. Und das erschien ihm offenkundig ungerecht.«

»Ungerecht nannte er's nie. Es fiel ihm nur schwer, sich mit der Tatsache abzufinden, daß nur diejenigen, die von der größten Gefahr bedroht sind, nur sie vorläufig Aussichten hatten, ewige Jugend zu erlangen. Diesem theologischen Geheimnis wollte er auf den Grund kommen.«

»Ewige Jugend, ein Leben ohne Tod«, ergänzte ich halb im Scherz.

»Ein Leben ohne Tod wagte er nicht sich vorzustellen. Aber er fragte mich: ›Kommt das theologische Denken vielleicht zum Schluß, die Dialektik der Schöpfung an und für sich fordere es, daß der Regenerierungsprozeß erst dort einsetzen soll, wo der Organismus vom Tod bedroht sei? . . .‹ Manchmal verfiel er auf ganz ketzerische Gedanken. So sagte er mir einmal: ›Hat Luther uns nicht geradezu aufgefordert zu sündigen – *pecca fortiter!* – Denn nur auf diese Weise würden wir erlöst . . .‹ Da fiel ich Ihrem Freund aber ins Wort: Das führt zu weit, Doktor, Sie laufen Gefahr, sich zu versündigen. Hochmut kommt zu Fall.«

»Entschuldigen Sie, daß ich Sie unterbreche, aber ich begreife nicht, wie ein Arzt vom Range Aurelian Tătarus sich so leidenschaftlich für Theologie interessieren konnte.«

»Auch ich begriff es zunächst nicht, und als ich ihn eines Tages danach fragte, gestand er mir: ›Aus Verzweiflung, Vater Calinic. Ich bin Theologe geworden aus Verzweiflung. Die Voraussetzungen meiner Entdeckung und die Schlußfolgerungen, zu denen ich gelangte, konnte ich in kein anderes System integrieren. Denn für mich steht es fest: die Proliferation der Zellen stellt ursprünglich einen Regenerierungsvorgang dar, und dieser Regenerierungsvorgang wurde nachträglich durch eine Amnesie blockiert. Ein solches Phänomen kann nur erklärt werden, wenn wir in der biologischen Geschichte des Menschen eine katastrophale Mutation annehmen. Aber wann mag diese sich ereignet haben? Nur zu Urbeginn, denn alle aufgefundenen fossilen Skelette weisen darauf hin, daß die ersten Menschen ebenso wie wir mit Krankheiten und Altersbeschwerden behaftet gewesen waren. Somit hat die Mutation in mythischen Zeiten stattgefunden, genauer gesagt – ich, als Wissenschaftler, laß mich von Worten nicht einschüchtern – gleich nach der Vertreibung Adam und Evas aus dem Paradies. Die im dritten Kapitel der Genesis erwähnte Strafe war die Amnesie. Der menschliche Körper hat einfach vergessen, daß er mit einer so wichtigen Funktion ausgestattet wurde wie die Selbstregenerierung der Zellen . . .«

Zalomit faßte plötzlich einen Entschluß, sprang aus dem Bett und knipste das Licht an. »Es ist fünf vor halb drei«, sagte er sich. »Es ist vergebliche Mühe. Werde sowieso kaum vor Tag einschlafen. Besser schreibe ich jetzt alles, was mir in Erinnerung kam, gleich auf . . .« Er schlüpfte geschwind in die Kleider, denn es fröstelte ihn. Darauf setzte er sich, den Notizblock auf den Knien, auf den Bettrand. »Ich sollte zunächst das festhalten, was Aurelian dem Alten über die Amnesie gesagt hat . . .« Nachdem er jedoch einige Zeilen geschrieben hatte, hielt er, die Brauen runzelnd, inne. »Aurelian hat noch etwas über die Amnesie erwähnt, zwar in anderem Zusammenhang, aber es war immerhin interessant ... Ja, der Turm von Babel.« Er schlug hastig einige Blätter um. »Der Turm von Babel, Vater Calinic, ist der schlagendste Beweis für die Amnesie als Strafe Gottes. Sie werden einwenden, das Unterfangen jener Menschen wäre absurd, ihr Eifer übertrieben gewesen, meinetwegen können Sie es sogar ein Sakrileg nennen, aber sie wußten, was sie wollten. Sie wollten einen Turm bauen, der bis zum Himmel emporragen sollte, und Gott verhinderte dies auf durchaus einfache Weise: er bewirkte eine Mutation, diesmal eine Mutation geistiger Natur. Er schuf das Sprachengewirr. Die Menschen konnten sich nicht mehr miteinander verständigen. Konnten ihr Ziel, selbst wenn sie's noch im Auge behielten, nicht mehr erreichen, weil die Tätigkeit dieser zahlreichen Menschen nun zu einer sinnlosen, chaotischen Betriebsamkeit entartete, einer gigantischen, monströsen Zellwucherung vergleichbar ...« Zalomit beschloß, sich Schlagwörter zu notieren: Babel, die deutlichste Veranschaulichung der Amnesie, schrieb er, überlegte es sich aber und legte den Bleistift aus der Hand. »Es wird viel einfacher sein, dies alles morgen oder übermorgen im Büro ins Diktiergerät zu sprechen«, sagte er sich. Da fiel es ihm plötzlich ein, daß Vater Calinic ihm über die Begegnung, die er mit Aurelian Tătaru zwei, drei Tage vor dessen Unfall gehabt hatte, nichts erzählte. Erschrocken sprang er auf.« Ich werde morgen früh zurückkehren müssen, um ihn aufzusuchen . . . Wie kommt es, daß ich nicht gleich darauf bestand?« Calinic zitierte gerade einen Ausspruch, mit dem Dr. Tătaru die Bedeutung der Krankheiten hervorgehoben hatte: »Denn nur in Grenzfällen gelingt es uns, eine Erkrankung im Keim zu ersticken«, als eine Gruppe von Ausflüglern auf sie zukam, so daß er schnell das Gesprächsthema wechselte.

»Die Legende von dieser Blume ist die schönste«, sagte er laut. »Ich habe sie von vielen gehört . . .«

Als einige der Ausflügler stehenblieben, um ihm zu lauschen, fügte er indes hinzu:

»Nun müssen wir aber aufbrechen, wenn wir noch bei Tageslicht in Crăciuna ankommen wollen . . .«

Im Auto erinnerte Zalomit sich plötzlich, wie erfreut er das Telegramm aus Bukarest geöffnet hatte. Er hatte es mehrmals durchgelesen und war dann eilig ins Labor gefahren, um es seinem Chef zu zeigen. »Die wichtigsten Tage im Leben eines Naturforschers sind, wie Linné sagte . . . Aber hat Linné das wirklich behauptet?« Seine Gedanken waren weit abgeschweift. Plötzlich bemerkte er, daß der Alte an seiner Seite den lahmen Arm mit der rechten Hand auf seinen Knien hielt und bereits eine ganze Weile schwieg. Da riß er sich zusammen und wandte sich ihm wieder zu: »Sprechen Sie weiter, Vater Calinic, ich höre Ihnen zu.«

»Sie hören mir längst nicht mehr zu, Herr Professor. Und wir brauchen auch nicht miteinander zu reden, solange der Weg so schlecht ist. Sobald wir aus dem Wald heraus sind, können wir unser Gespräch dann fortsetzen.«

Aber am Rand des Waldes stießen sie auf ein junges Paar. Das Mädchen hatte sich den Knöchel verrenkt und biß sich die Lippen, um nicht zu weinen. Zalomit ließ die beiden einsteigen und fuhr sie ins Dorf, wo sie die Nacht vorher verbracht hatten. Calinic aber stieg aus, ehe sie das Dorf erreichten. »Von hier aus kann ich den Weg abkürzen«, hatte er ihm versichert und sich mit einem festen Händedruck und einem warmen Blick von ihm verabschiedet. »Vielleicht hat er etwas über seine Wiederbegegnung mit Aurelian erzählt, während ich ihm nicht zuhörte, mich ans Telegramm und an Linné erinnerte«, überlegte Zalomit. »Aber ich werde mich bei ihm entschuldigen. Es kann doch nicht schwer sein, ihn zu finden.« »Ich wohne auf der anderen Seite des Berges in einer Sennhütte«, hatte der Alte gesagt. »›Verzeihen Sie, Vater Calinic‹, werde ich ihn bitten. Als wir gestern miteinander sprachen ...«

Zalomit konnte sich nicht vom Fenster losreißen. »›*Draußen schneit es ganz still, im Hause flackert das Feuer* ...‹[1] Wie herrlich ich doch diesen Vers als Sechsjähriger fand. Oder war ich bereits zehn oder elf Jahre alt? Ich finde ihn auch heute durchaus gelungen und sogar poetisch ... ›*Draußen schneit es ganz still* ...‹ Ach! Der dichte Flockenvorhang beginnt sich

1 Aus »Iarnă la ţară« (Winter auf dem Land) von Vasile (Anm. des Übersetzers).

zu kräuseln und hin und her zu flattern. Es scheint windig geworden zu sein. Vielleicht auch nicht. Der 20., der 21. und 22. Dezember. Drei Tage. Was immer ich am dritten Tag auch anfangen, was immer ich versuchen würde, es wird ein verlorener Tag sein. Sidonia hat mich auch diesmal eingeladen. Sidonia: sie war und ist und wird die gleiche bleiben. Seit 35 Jahren schickt sie mir schriftliche Einladungen, allerdings nur alle zwei, drei Jahre, bei besonderen Anlässen. Donnerstag, am 22. Dezember, findet die Hochzeit ihrer einzigen Tochter Isidora statt. Sie ist das Produkt ihrer dritten Ehe. Ich kann schwer absagen.«
Er fuhr zusammen, als er das Läuten hörte, und eilte ganz aufgeregt zur Tür. Auf der Schwelle stand eine alte Frau in einem pflaumenfarbenen Mantel, ein dickes Wolltuch auf dem Kopf, und lächelte ihn an.
»Entschuldigen Sie die Störung«, sagte sie und wischte sich mit dem Handrücken die letzten Schneeflocken aus dem Gesicht, »ich habe erst heute früh Ihre Adresse erfahren.«
Sie legte ihr Tuch ab und schüttelte es mehrmals durch. Das auffällig schwarze Haar stand in scharfem Kontrast zu den Furchen, die das

Alter in ihr Gesicht gegraben hatte. Sie zögerte einen Augenblick, ehe sie sich auf den Teppich vorwagte, und erklärte dann hastig:

»Als ich Sie heuer im Sommer mit dem anderen Herrn zu ihm hinunterrennen sah, erkannte ich Sie sogleich, Herr Professor Zalomit. Ich befürchtete, Sie würden fallen und sich den Hals brechen. Ach, Herr Professor, ich habe ihn umgebracht!« rief sie plötzlich schluchzend aus. »Ich tat's nicht mit Absicht, das kann ich beim Kreuz beschwören. Ich tat's nicht mit Absicht, sondern aus Dummheit. Es war Wahnsinn! Ich habe ihn auf dem Gewissen!«

»Setzen Sie sich«, sagte er betroffen und wies auf den Lehnstuhl. »Beruhigen Sie sich. Das kann doch nicht wahr sein. Dr. Tătaru hat das Bewußtsein verloren und ist abgestürzt . . .«

Die Frau vergrub das Gesicht in ihr Tuch und weinte.

»Ich hole Ihnen ein Glas Wasser«, sagte Zalomit und ging zur Küche.

Als er zurückkam, hatte sie sich gefangen. Die Hände auf den Knien, starrte sie zum Fenster hinaus, trank ein paar Schluck, seufzte tief auf, bedankte sich und reichte ihm das Glas.

»Sie wissen vielleicht, wer ich bin. Mein Name ist Frusinel Mincu. Ich wurde von Dr. Tătaru behandelt.«
»Sprechen Sie weiter«, forderte Zalomit sie auf und setzte sich ihr gegenüber aufs Canapé.
»Nach der Operation wurde ich von ihm behandelt. Er kümmerte sich nur um uns drei. Wir waren in Einzelzimmern untergebracht und wurden wie Prinzessinnen gehalten.«
»Die drei Grazien«, murmelte Zalomit.
»Dr. Tătaru nannte uns die Amazonen.«
Sie suchte ihr Taschentuch und wischte sich die Tränen aus den Augen.
»Sprechen Sie nur«, wiederholte Zalomit. »Ich war ein guter Freund von ihm.«
»Vielleicht nannte er uns Amazonen, weil er die Behandlung in Angriff genommen hatte und jede von uns separat vorbereitete. Er bereitete uns auf das Wunder vor, das uns erwartete. Damit wir nicht davor erschrecken. Wir sollten, meinte er, darauf gefaßt sein, daß uns alle Welt beneiden würde. Denn die Leute würden sich fragen, warum gerade wir, drei arme alte Weiber, die so schwer krank waren und operiert wurden, warum gerade wir . . .«

Sie wandte sich um und lächelte ihn unter Tränen an. Da fielen ihm ihre gesunden, schönen Zähne auf. Er zweifelte nicht, daß es ihr eigenes Gebiß war, denn als sie ihn anlächelte, bemerkte er, daß ihr rechts und links ein Eckzahn fehlte.

»Entschuldigen Sie, Herr Professor, dürfte ich eine Zigarette rauchen?«

»Aber bitte, bitte«, stieß er mühsam hervor, da seine Kehle ganz ausgetrocknet war. Dann schluckte er mehrmals und fügte hinzu: »Der Aschenbecher steht dort neben Ihnen.«

Die Frau zündete sich eine Zigarette an, tat einen kräftigen Zug und seufzte wieder.

»Er nannte uns Amazonen, um uns vorzubereiten. Denn es würde noch eine Weile dauern, meinte er, bis seine Behandlungsmethode auch für Gesunde in Betracht käme.«

»Worin bestand eigentlich seine Behandlung? War es ein Serum, das er verwendete? Spritzte er es Ihnen in die Vene ein oder . . .?«

»Wir bekamen zweimal täglich Injektionen: einmal morgens nüchtern und einmal am Vorabend, wenn es zu dunkeln anfing. Die Spritzen wurden uns von seinem Assistenten, Dr. Huțan, verabreicht, aber Dr. Tătaru war stets dabei. Und vor dem Mittag kam eine Schwester, um uns Blut abzunehmen. Dr. Tătaru sah ihr dabei zu, und als sie fortging, trat er an mein Bett mit einem zur Hälfte gefüllten Glas und reichte es mir lächelnd.«

»Was enthielt es?« fragte Zalomit ganz gespannt. »Wie schmeckte das Getränk? Was hatte es für eine Farbe?«

»Es war völlig geschmacklos. Schmeckte wie abgestandenes Wasser. Sah auch wie Wasser aus. Vielleicht war es destilliertes Wasser. Dr. Tătaru sagte mir allerdings eines Tages, es wäre Brunnenwasser. Aber von einem besonderen Brunnen. Er nannte einen Namen, den ich nicht recht verstand und daher auch nicht behalten habe. Und dabei lächelte er still in sich hinein und schien selig.«

»La Fontaine de Jouvence«?

»So etwas ähnliches, aber genau weiß ich es nicht mehr.«

»Brachte er es mit oder stand es dort irgendwo auf dem Tisch?«

»Das kann ich Ihnen nicht sagen. Denn ich schaute immer weg, wenn die Schwester mir Blut abnahm. Wenn ich Blut sehe, wird mir schlecht . . .«

»Reden Sie weiter«, bat Zalomit sie. »Was ist dann geschehen? Was hat er noch gesagt?«

»Nun, ich war ja gerade dabei, Ihnen zu erzählen, wie er uns vorzubereiten versuchte. Eines Morgens kam er wie sonst zu mir, bemühte sich zwar wie immer, heiter zu erscheinen, doch ich begriff sofort, daß er zutiefst niedergeschlagen war, daß ein Schatten auf seiner Seele lag. ›Euphrosyne‹, sprach er, denn dies war seiner Ansicht nach mein richtiger Name, ›Euphrosyne, ich habe Befehl von oben, die Behandlung abzubrechen. Machen Sie sich aber keine Sorgen. Die Operation ist gelungen, die Nachbehandlung hat angeschlagen. Sie sind geheilt, bloß . . .‹ Da stockte er plötzlich, und ich bemerkte, daß er Bedenken hatte, mir alles anzuvertrauen. Schließlich tat er's doch, denn er wollte mich ja aufklären und vorbereiten . . . Zunächst mußte ich jedoch schwören, alles, was er mir sagen wollte, streng geheim zu halten. ›Was ich Ihnen jetzt anvertraue, müssen Sie als ein großes Geheimnis wahren‹, schärfte er mir ein. ›Denken Sie an das Lied, das man bei uns zu Weihnachten singt: *Wie ein großes Geheimnis geht oben ein Stern auf . . .*‹«

Sie sah zu Boden und drückte sich das Taschentuch auf die Augen.
»Fahren Sie fort«, insistierte Zalomit. »Erzählen Sie nur. Wir waren gute Freunde von jung auf, noch seit unserer Studienzeit im Ausland ...«
»Ich habe geschworen, aber ich hätte das Geheimnis, das er mir anvertraute, auch gewahrt, wenn er nicht ausdrücklich darauf bestanden hätte. ›Euphrosyne‹, sagte er, ›meine Behandlungsmethode ist die richtige, aber ich darf sie leider nicht zu Ende führen. Das heißt, ich habe nur halbe Arbeit geleistet. Ich sage es Ihnen, damit Sie Bescheid wissen und nicht erschrecken. Ihr drei Amazonen werdet von nun an wie die Blumen leben, nach der Sonne ...‹«
»Ich begreife nicht«, staunte Zalomit.
»Auch ich hab's lange nicht begriffen, hab' nicht wirklich erfaßt, was er damit meinte. Als ich aber nach Hause kam, waren alle verblüfft. Jedermann wunderte sich, wie jung ich aussah. Ich hatte das 60. Lebensjahr überschritten, Herr Professor, und man hätte mich höchstens auf 40 geschätzt. ›Hab's mir eben gutgehen lassen, man hielt mich wie eine Prinzessin

dort‹, erklärte ich den Leuten. Ich war mir in jenem Jahr selber zum Rätsel geworden. Der Herbst rückte näher, und die Leute gewöhnten sich allmählich an meinen veränderten Anblick. Auch sah ich im Spätherbst, als ich von der Arbeit heimkehrte, und besonders im Winter wieder ebenso alt aus wie zur Zeit, da man mich ins Krankenhaus eingewiesen hatte ... Aber im März ... Darf ich mir noch eine Zigarette anzünden?«

»Bitte, bitte.«

Die Hand zitterte ihr leicht, als sie das brennende Streichholz der Zigarette näherte.

»Im März, wie soll ich's Ihnen nur erklären, war ich plötzlich völlig verwandelt, fühlte mich verjüngt. Ich war wie berauscht, glaubte, die ganze Welt wäre mein. Es wird Ihnen unwahrscheinlich klingen, Herr Professor, aber selbst meine Stimme hatte sich verändert. Ich sang wie eine junge Frau, daß sich meine Nachbarn nur so bekreuzigten. Und es wird Ihnen noch unwahrscheinlicher klingen, aber ich wurde mit dem Verstreichen der Monate und je mehr wir auf den Sommer zugingen, immer jünger an Leib und Seele. Verzeihen Sie, wenn ich so offen mit Ihnen rede, aber als ich mich einmal von Kopf bis Fuß nackt im Spiegel betrachtete, wollte ich's meinen eigenen Augen nicht glauben. Ich sah nicht älter als 35 bis 40 Jahre aus. Da begriff ich, was Dr. Tătaru gemeint hatte, als er sagte, wir würden wie die Blumen leben, nach der Sonne. Und ich bekam's mit der Angst zu tun. Was würden die Leute von mir denken? Sie würden mich für verrückt halten. Eine Schande, würden sie sagen, wie sich die alte Schachtel aufspielt. Da versuchte ich, die Anzeichen meiner Verjüngung zu verbergen. Das Märchen vom Aschenbrödel hatte mir schon in der Schule gefallen. Wenn ein 17-, 18jähriges Mädchen imstande war, ihre Jugend und Schönheit zu verbergen, sollte ich's nicht fertigbringen? Ich ließ mein Haar verwahrlosen, schmierte mir das Gesicht mit einem Zeug ein, daß es schmutzig aussah, und was mir sonst noch einfiel. Aber ich hatte Angst. Und als ich anläßlich des Frauenkongresses Gelegenheit hatte, für drei Tage nach Bukarest zu kommen, suchte ich Dr. Tătaru auf . . .«

»Fahren Sie fort, sprechen Sie weiter«, flüsterte Zalomit ganz aufgewühlt. »Er war sicherlich sehr überrascht . . .«

»Es tat mir nachher leid, ihn aufgesucht zu haben, denn ich hatte ihn noch nie so zornig gesehen . . .«

»Zornig?« unterbrach Zalomit sie. »Er zürnte Ihnen also, weil Sie ihn aufgesucht hatten.«

»Er tobte vor Wut. ›Euphrosyne‹, fuhr er mich an, ›wenn Sie es nochmals wagen, hierher zu kommen, wird es uns beiden schlimm ergehen. Ich habe meine Versuche aufgrund eines Erlasses von oben eingestellt. Die Behandlung wurde verboten. Wenn man draufkommt, daß wir uns wieder treffen, wandern wir beide ins Gefängnis!‹«

»Er hat vielleicht übertrieben!« meinte Zalomit.

»Er übertrieb, um mir Angst einzujagen. Aber er schien auch selber erschrocken, wollte mir gar nicht zuhören, wiederholte nur, was er mir schon damals im Krankenhaus versichert hatte: Ich brauche mir keine Sorgen zu machen, denn ich wäre vollkommen geheilt.«

»Staunte er nicht über Ihre Verwandlung? Ich meine über die Tatsache, daß Sie um vieles jünger aussahen?«

»Er hatte kaum Zeit, mich richtig anzusehen. Außerdem war es Herbst, da sah ich nicht

mehr wie eine 35- oder 40jährige aus.«
»Und dennoch sagte man mir, Sie wären alle drei fünf bis sechs Jahre lang regelmäßig ins Brancovici-Krankenhaus zur Kontrolle gekommen.«
Die Frau lächelte wieder und schob sich eine Haarsträhne aus der Stirn zurück.
»Die beiden andern habe ich nie wieder getroffen. Ich selber kam nur im Winter, kurz vor den Feiertagen, etwa Mitte Dezember zur Kontrolle ...«
Ihre Miene verdüsterte sich plötzlich, und ohne um Erlaubnis zu bitten, zündete sie sich die dritte Zigarette an.
»Aber je mehr die Jahre vergingen, um so schwerer fiel es mir. Lachen Sie mich nicht aus, Herr Professor, und halten Sie mich nicht für verrückt, wenn Sie hören, was ich Ihnen jetzt sage. Ich vertraue mich Ihnen ja wie einem Beichtvater an. Damit Sie begreifen, was geschehen ist ...«
Sie seufzte, neigte die Stirn und heftete ihren Blick auf eine Ecke des Teppichs.
»Je mehr die Jahre verstrichen, um so schwerer fiel es mir, meine Jugend zu verbergen. Sie verstehen, was ich meine. Ich war mehrmals

verheiratet, nahm's mit der Treue jedoch nicht so genau, ließ mich auch mit anderen ein, wie's sich halt traf. Ich erlebte viele Flitterwochen mit und ohne Trauschein. In meiner Jugend galt ich als schön und war auf Männer versessen. Wenn der Sommer nahte, so gegen Ende Mai, war ich wie von Sinnen. Verzeihen Sie, wenn ich alte Frau so rede, aber es war wirklich so: ich fand keinen Schlaf mehr, vernachlässigte meine Arbeit in Haus und Hof und hatte nur noch Männer im Kopf. Schließlich brach ich aus, ich lief von zu Hause fort, sagte den Nachbarn, ich müsse irgendeine Verwandte besuchen, und kehrte erst nach drei, vier Wochen zurück, manchmal sogar nach drei Monaten, wie es der Zufall wollte . . . Beruflich war ich ja nicht mehr gebunden, und etwas Geld hatte ich beiseite gelegt. Unterwegs zog ich mich an irgendeiner verborgenen Stelle um, kämmte mich, reinigte mir das Gesicht, und dann stieg ich in einen Bus oder in einen Zug, knüpfte Männerbekanntschaften an und, was soll ich Ihnen viel sagen, am nächsten Tag wußte ich bereits, wo und mit wem ich schlafen würde. Gott verzeih mir's, aber es war nicht meine Schuld. So hat der Herr mich halt geschaffen, schön und scharf auf Männer, wie mein zweiter Gatte zu sagen pflegte. Darum ließ er mich auch sitzen . . .«

Sie zog kräftig an ihrer Zigarette und starrte zu Boden.

»So geschah es auch vorigen Sommer. Ich blieb zwei Wochen an der Baustelle in Potcoava, da gerieten einige Männer meinetwegen aneinander, weil der, bei dem ich wohnte, erfahren hatte . . . Der Streit artete in eine Schlägerei aus, einer zog das Messer, andere sprangen herbei, ich bekam's mit der Angst zu tun und schlich mich weg, ehe jemand es bemerkte. Das Haus, in dem ich wohnte, war gleich nebenan. Ich packte mein Bündel, viel besaß ich ohnedies nicht, und nahm Reißaus.«

Sie drückte die Zigarette aus, ohne den Blick zu heben, und seufzte.

»Reden Sie, reden Sie weiter«, drängte Zalomit.

»So kam ich nach Şeştina. Sie werden mich für verrückt halten«, fügte sie hinzu. »Sie werden es mir nicht glauben, Herr Professor. Einen Abend zuvor hatte ich einen jungen Mann kennengelernt, der sich Hals über Kopf in mich verliebte. Ich blieb über Nacht bei ihm.

Er war Mechaniker und arbeitete in der Berghütte. In der Früh, ehe er fortging, verabredeten wir uns für zwölf, halb eins im Wald. Wir trafen uns und blieben fast zwei Stunden dort auf unserem Lager im Gras. Dann kehrte er zur Arbeit zurück, und ich konnte mich nicht entschließen, mich wieder anzuziehen. Sie werden sich erinnern, daß es ein sehr heißer Tag war. Ich lief nackt herum wie eine tolle Regenmacherin, das Haar aufgelöst, das Kleid in der Hand zusammengeknüllt. Da erblickte ich wenige Schritte vor mir Dr. Tătaru. Er wurde kreidebleich.

›Ist es wahr, Euphrosyne?‹ fragte er mich. Offenbar traute auch er seinen Augen nicht. ›Es ist wahr, Herr Doktor‹, erwiderte ich und sah ihn herausfordernd an, denn ich war überglücklich. ›Ist es wahr, daß Sie bald 70 werden?‹ fragte er wieder. ›Ich bin im Februar 70 geworden, Herr Doktor‹, erwiderte ich ihm lachend. Den Kopf zurückwerfend, strahlte ich ihn an und trat, ohne mir dessen bewußt zu sein, immer näher auf ihn zu. Gott hatte mich um den Verstand gebracht. Ich weiß nicht, was mit mir geschah. Dr. Tătaru hatte ja das Wunder vollbracht, daher wollte ich vielleicht, daß auch er seine Freude an mir erlebe. Ich ging immer näher auf ihn zu und lachte ihn an, während er erschrocken bis an den Rand des Abhangs zurückwich, ohne es zu merken. Und auch ich achtete nicht darauf, denn ich war wie von Sinnen. Da sah ich ihn plötzlich schwanken und abstürzen. Ich schrie auf, legte mir jedoch geschwind die Hand auf den Mund, denn ich glaubte, eine Männerstimme zu vernehmen. Dann schlich ich mich, so rasch ich konnte, bis zu meinem Versteck und fing zu heulen an. Ich weinte vor Scham. Es fiel mir gar nicht ein, er könnte tot sein. Ich zog mich an und kehrte zu Dumitru zurück, dem Mann, mit dem ich mich im Wald getroffen hatte . . . Er erzählte mir vom Unfall . . .«

Zalomit folgte ihr mit den Blicken, wie sie im Schneetreiben die Straße überquerte und um die Ecke verschwand. »Ich werde im Sommer wiederkommen, damit Sie sich überzeugen, daß ich nicht lüge . . .«, hatte sie ihm gesagt, ehe sie sich verabschiedete. Von Traurigkeit übermannt, preßte er seine Stirn an die Scheibe. »Wenn du wiederkommst, Euphrosyne, wirst du mich nicht mehr finden . . . Mein wissenschaftliches Interesse hat seine Grenzen. Und theologische Probleme schrecken mich eher ab. Ich werde dich der Ermittlungs- und Untersuchungs-Abteilung ausliefern . . .«

Er trat wie geistesabwesend vom Fenster weg, knipste das Licht an und setzte sich an seinen Schreibtisch. »Jetzt wissen wir aber endlich, was wirklich geschehen ist, genauer gesagt, *ich* weiß es. Es war also kein Selbstmord. Aber was denn sonst?« Er öffnete die Schublade, holte die Visitenkarte hervor und hob nach einigem Zögern den Hörer ab. Eine Sekretärin war am Apparat.

»Wen darf ich melden?« fragte sie und fügte, als er seinen Namen nannte, etwas erschrocken hinzu: »Warten Sie einen Augenblick.«

Er wartete nicht lange. Hörte die salbungsvolle, höfliche Stimme eines jungen Mannes.

»Herr Professor Zalomit? Der Genosse Oberst ist vor etwa zehn Minuten fort. Er hat sich zu Ihnen begeben, dürfte jeden Augenblick da sein.«

Zalomit legte den Hörer auf. Die Hand zitterte ihm. Reglos blieb er sitzen, um seine Fassung wiederzuerlangen. Als er das Läuten hörte, fuhr er sich mehrmals mit der Hand durchs Haar, setzte ein staunendes Lächeln auf und ging zur Tür.

»Welch ein Zusammentreffen!« rief er aus.

»Nicht wahr?« meinte Albini.

Darauf hängte er seinen Mantel auf den Kleiderrechen, ging geradewegs zum Schreibtisch, hob den Hörer auf und lockerte geschickt mit der Klinge seines Taschenmessers einige Schrauben.

»Das werden wir fortan wohl nicht mehr brauchen«, erklärte er.

»Sie hatten mir also . . .«, setzte Zalomit zum Sprechen an und zwang sich zu einem Lächeln.

»Wir haben zu diesem rein technischen Hilfsmittel gegriffen, um Ihnen Ihre Aufgabe zu erleichtern. Das Gespräch, besser gesagt, das Geständnis ist auf Tonband aufgenommen worden. Sie werden den getippten Text in ein, zwei Tagen erhalten. Aber ist es nicht wirklich großartig? Waren Sie auf so etwas gefaßt?«

Zalomit strich sich mehrmals mit den Fingern durchs Haar. Daß er das Zittern seiner Hand nicht verbergen konnte, verdroß ihn.

»Ich habe das, ehrlich gesagt, nicht erwartet«,

fuhr Albini fort und zog ein Päckchen Zigaretten hervor. Sein Blick blieb auf dem Aschenbecher haften, der schon halb voll war.

»Die raucht ja wie ein Schlot! Das wollen wir uns merken und ihr künftighin immer Zigaretten anbieten, und zwar eine gute Sorte . . .« Darauf wandte er sich plötzlich um und versuchte, Zalomits Blick festzuhalten.

»Sie scheinen ganz aufgeregt zu sein, Herr Professor, ist ja auch kein Wunder. Wir haben an alle Möglichkeiten gedacht, doch wem wäre es eingefallen, daß dieses Weib sich ihm an den Hals wirft, um ihm ihren Dank in natura abzustatten?«

»Nein, nein, das ist es nicht, was mich bewegt«, sagte Zalomit entschieden. »Ich fragte mich, ob es nicht doch ein Selbstmord war. Wie ich Aurelian Tătaru kannte, glaube ich zu verstehen, was in ihm vorgefallen ist. Ich nehme nicht an, daß Aurelian Bedenken hatte, sich mit einer jungen, hübschen Frau einzulassen, selbst wenn sie irgendwann seine Patientin gewesen war. Ich glaube, daß er bei ihrem Anblick erschrak und kreidebleich wurde, weil ihm plötzlich Euphrosynes Tragödie zu Bewußtsein kam: Ein halbes Jahr auf Erden und

die andere Hälfte in der Hölle . . .«
»Ebenso wie Persephone«, unterbrach ihn Albini lächelnd.
»Aber Euphrosyne war keine Göttin. Ehe sie noch den Mund auftat, durchzuckte Aurelian der Gedanke, daß die schöne, nackte Bacchantin, die sich ihm anbot, dazu verdammt war, eine Hälfte des Jahres als Greisin zu leben. Er begriff, wie höllisch im Grunde ihr Dasein war. Und wiewohl er sich keiner Schuld bewußt war, weil er die Behandlung nicht mutwillig, sondern über höherem Auftrag abgebrochen hatte, wußte er dennoch, daß Euphrosynes Tragödie sein Werk war . . . Ich neige zur Annahme, daß Aurelian Tătaru, wäre dieser Unfall nicht dazwischen gekommen, seinem Leben auf andere Weise ein Ende gesetzt hätte.«
»Sie übertreiben«, unterbrach ihn Albini. »Doktor Tătaru war ein Wissenschaftler. Er wußte, besser gesagt, er glaubte, hoffte, das von ihm entdeckte Serum würde die erwarteten Ergebnisse zeitigen. Aber er kam nicht dazu, das Ergebnis der Behandlung zu sehen. Vielleicht traute auch er seinen Augen nicht . . . Warum sollten wir übrigens mit un-

nützen Spekulationen Zeit verlieren?« nahm er nach einer Weile den Faden des Gesprächs wieder auf. »Freuen wir uns eher über das, was wir heute erfahren haben. Es ist ein großer Erfolg, den wir Ihnen verdanken.«

»Mir?«

»Freilich Ihnen. Aus Gründen, die uns unbekannt sind, hat Genossin Euphrosyne sich Ihnen und nicht Ingenieur Hagi Pavel anvertraut. Wir haben heute das einzige Exemplar eruiert – denn eine ›Person‹ wage ich sie nicht mehr zu nennen –, das einzige Exemplar, von dem wir uns Aufschlüsse im Zusammenhang mit Dr. Tătarus Entdeckung versprechen können. Ich meine, daß die Untersuchungen, denen man Euphrosyne unterziehen wird, uns unschätzbare Hinweise liefern werden. Das fällt allerdings nicht in unseren Bereich ... Die Korrekturen dürften Sie im Labor machen ...«, bemerkte er am Rande. »Ich sehe die Fahnen nicht auf dem Tisch.«

»Ja, ich mache sie im Labor«, bestätigte Zalomit geistesabwesend. »Um die Bildtafeln und die Bibliographie verifizieren zu können ...«

»Drei Bände auf einmal«, unterbrach ihn Albini, »drei dicke Bände. Ein beeindruckendes Werk!«

Zalomit spürte wieder, wie ihm die Wangen brannten, und versuchte zu lächeln.
»Wie ich Ihnen bereits heuer im Herbst schrieb, bin ich Ihnen ungemein dankbar«, stieß er mühsam hervor, denn die Kehle war ihm wie zugeschnürt.
»Mir gebührt nur das eine Verdienst: die zuständigen Stellen auf Sie aufmerksam gemacht zu haben. Wiewohl ich Ihnen gestehen muß, daß alles, was Sie uns über Goethes *Metamorphose der Pflanzen* mitteilten . . .«
Zalomit lächelte triumphierend.
»Das wußte ich von Anfang an.«
»Wir aber geben die Hoffnung nicht auf«, fuhr Albini fort.
»Wir wollen warten, ob Ihre Arbeit nicht doch zu Erfolg führen wird. Übrigens«, fügte er lächelnd hinzu, »war's nicht Ihre Schuld, daß es Ihnen diesen Sommer nicht gelungen ist, Vater Calinic ausfindig zu machen. Sie haben ihn vergeblich in den Sennhütten gesucht . . . Der Arme starb gleich in jener Nacht, als er sich von Ihnen verabschiedete. Er starb vor Überanstrengung oder vor Altersschwäche am Wegrand . . .«
»Der Ermittlungs- und Untersuchungsdienst«,

sprach Zalomit schmunzelnd mehr zu sich und fügte dann in absichtlich herausforderndem Ton hinzu:

»Er war ein Heiliger!«

»Stimmt. Er war ein Heiliger. Denn er hat niemandem geklagt, daß und weswegen er gefoltert wurde. Der gleiche Mangel an Vorstellungskraft, von dem ich heuer im Sommer in Poiana Dornei sprach. Meine Leute dachten, Sie würden von ihm herauskriegen . . . Aber lassen wir das, es hat keinen Sinn, in den Fehlern der Vergangenheit zu wühlen. Eines steht jedenfalls fest: Das Geheimnis der Formel hat Dr. Tătaru niemandem preisgegeben. Weder seinen Freunden, noch seinen Kollegen, noch Vater Calinic. Und was mir wirklich sonderbar erscheint, ist die Tatsache, daß man in seinen Papieren keinerlei Hinweis fand. Und dennoch weiß man, daß die Vorbereitungsarbeiten und die Versuche im Labor der medizinischen Fakultät einige Jahre dauerten. Er dürfte all seine Aufzeichnungen verbrannt haben.«

»Das ist anzunehmen«, stimmte Zalomit bei.

»Wiewohl uns, wie gesagt, nur Euphrosyne zur Verfügung steht, ist es immerhin etwas,

besonders da wir auch Sie haben.« »Mich?« fragte Zalomit erschrocken. »Mich?«
Albini fing zu lachen an und zog gemächlich sein Päckchen Zigaretten und sein Feuerzeug aus der Tasche.
»Ja, Sie, Professor Dr. Filip Zalomit, Verfasser von drei dicken Bänden über die Flora der Karpaten.«
»Ach so, ich begreife«, sagte Zalomit, wieder errötend.
»Im Grunde handelt es sich um eine leichte und in gewissem Sinne sogar angenehme Aufgabe. Ab und zu der – wie soll ich's ausdrükken? – der Metamorphose einer der drei Grazien beizuwohnen . . .«
Zalomit blieb die Spucke weg.
»Ich wiederhole: ab und zu, zum Beispiel im März und dann wieder *im wunderschönen Monat Mai*[1] und dann um die Zeit der Sonnenwende.«
»Aber warum gerade ich?« stieß Zalomit schließlich hervor. »Ich habe keinen blauen Dunst von medizinischer Biologie . . .«
»Weil Euphrosyne sie kennt und Ihnen ver-

1 Deutsch im Text (Anm. des Übersetzers).

traut. Wenn wir brutal eingreifen, erschrecken wir sie. Sie wird Angst haben, wir könnten sie für Dr. Tătarus Unfall zur Verantwortung ziehen. Sie aber können ihr klarmachen, worum es geht, und es wird Ihnen nicht schwerfallen, sie davon zu überzeugen, daß es in ihrem Interesse ist und im Interesse der Wissenschaft, besonders im Interesse der rumänischen Wissenschaft, sich fortan den Forschern zur Verfügung zu stellen . . .«

»Das wird mir schwerfallen«, faßte Zalomit plötzlich Mut. »Ich weiß nicht, ob ich eine solche Verantwortung auf mich nehmen kann . . .«

»Darüber werden wir noch reden«, unterbrach ihn wieder Albini. »Sie müssen nicht gleich zusagen . . .«

Er rauchte eine Weile schweigend und betrachtete Zalomit mit unverhohlener Neugierde.

»Ich hoffe, ich bin nicht indiskret, wenn ich Sie frage, ob Frau Sidonia Vîlceanu eine Zeitlang Ihre Gattin war.«

Zalomit brach unwillkürlich in ein Gelächter aus.

»Das ist kein Geheimnis. Wir heirateten, als

wir beide noch ganz jung waren. Ich hatte noch nicht einmal mein Doktorat. Wir gingen sehr bald auseinander, ehe ein Jahr um war ... Aber wir blieben Freunde.«

»Das habe ich erfahren«, erklärte Albini und drückte umständlich seine Zigarette aus. »Ich weiß, daß Sie miteinander befreundet sind. Übrigens werden wir uns in wenigen Tagen auf Isidoras Hochzeit treffen«, warf er nebenbei hin.

»Am 22. Dezember«, sagte Zalomit mit einem verträumten Lächeln. »In drei Tagen.«

»Der glückliche Bräutigam ist ein Cousin von mir. Ein Cousin und auch ein guter Freund, wiewohl er viel jünger ist als ich ... Aber ich möchte Sie nicht aufhalten«, fügte er hinzu und erhob sich vom Lehnstuhl. »Ich freue mich, daß wir gewissermaßen der gleichen Familie angehören werden.«

»Eine Forscherfamilie«, meinte Zalomit und strahlte übers ganze Gesicht.

»Stimmt. Emil Butnaru, mein Cousin und Freund, ist ein hervorragender Chemiker.«

Er ging zur Tür, wandte sich jedoch noch einmal um und fragte Zalomit ganz unvermittelt:

»Und die Poesie?«

Zalomit klopfte ihm vertraulich auf die Schulter und lachte hell auf.

»Habe ich nicht schon mit den *Maculatele Corole* meinen Obolus an die Dichtkunst entrichtet? Kennen Sie einen prophetischeren Titel als diesen: ›Die befleckten Blumenkronen‹?«

Albini reichte ihm schmunzelnd die Hand.

»Ich wünsche Ihnen noch nicht ›fröhliche Feiertage‹, weil wir uns ja in drei Tagen bei der Hochzeit treffen ...«

Nachdem er hinter Albini die Tür geschlossen hatte, platzte Zalomit in ein unbändiges Gelächter heraus. Er schüttelte sich vor Lachen und wischte sich ab und zu die Tränen aus den Augen, ohne zu begreifen, was in ihn gefahren war, wo diese überschäumende Freude herrührte, die er seit seiner Jugend nicht mehr verspürt hatte.

»Als ob die ganze Welt mein wäre!« rief er in Erinnerung an Euphrosynes Worte aus. »Wie wahr! Denn die ganze Welt ist wirklich mein!«

Es fiel ihm schwer, seiner Euphorie Herr zu werden. Er setzte sich an seinen Schreibtisch, kämpfte mühselig gegen seinen Lachkrampf an und sprach dann laut, als hätte er seinen Freund vor sich: »Wie gut ich dich verstehe, Aurelian! Wie recht du doch hattest. Es gab keinen anderen Ausweg . . .«

Darauf stand er jäh auf, nahm den vollen Aschenbecher und wandte sich zur Küche, überlegte es sich aber, trat ans Fenster und öffnete es. Die kalte, reine Schneeluft tat ihm wohl. »Sie wußten also auch über Calinic Bescheid«, dachte er, während er sich bemühte, das Fenster wieder zu schließen. »Sie wußten auch über Calinic Bescheid . . . Warum der Kerl die Wanze wohl in meiner Gegenwart entfernt hat? Vielleicht, um mir die Willkür zu demonstrieren, um mir zu zeigen, daß er und seine Leute tun und lassen können, was sie wollen. In gewissem Sinne hatte er recht. Sobald ich ihre Dienste in Anspruch genommen habe, hatte ich mich ihnen ausgeliefert, gehörte somit zur gleichen Familie. Und der Vorwand, unter dem ich mich vor meinem eigenen Gewissen zu rechtfertigen suchte . . ., ich *müsse* all das in Kauf nehmen, um die verlorengegangene Formel für das von Aurelian verwendete Serum wiederzufinden . . .«

Er erinnerte sich plötzlich an die Alte. Als er

sich an den Schreibtisch setzte, zitterte er am ganzen Leibe. »Ich habe das Fenster zu lange offengelassen, und daher fröstelt es mich«, versuchte er, sich zu trösten. »Wie soll ich der Frau noch vor Augen treten? Wie stellt Albini sich das nur vor? Zum Glück bin ich über 60, und zum Glück habe ich auch noch die Phiole.« Er lächelte melancholisch beim Gedanken an das Ritual, mit dem er an jenem Sommernachmittag die Phiole aus der Aktentasche hervorgeholt, sie mit melodramatischer Geste emporgehalten, um sie in einigem Abstand betrachten zu können, und dann die Worte aus dem Faustmonolog rezitiert hatte: *Ich grüße Dich, Du einzige Phiole.*[1] Nichts war damals geschehen. Weder Aurelian Tătarus Unfall, noch die Begegnungen mit Albini, mit Vater Calinic und mit Euphrosyne hatten den Ausschlag gegeben. Doch er war vorsichtig genug, sich im geheimen die konzentrierteste Akonitin-Lösung bereitzuhalten, die er sich in seinem Labor verschaffen konnte.
Er klapperte mit den Zähnen, wie von Fieber geschüttelt. Mühsam öffnete er die Schublade

1 Deutsch im Text (Anm. des Übersetzers).

und fing unter den großen, gelben Umschlägen, in denen er die wichtigen Briefe aufbewahrte, zu suchen an. Nach einer Weile wurde er von Unruhe erfaßt, stand auf, nahm die Umschläge einzeln heraus und warf sie aufs Geratewohl auf den Schreibtisch. Verstört betrachtete er den leeren Boden der Schublade. »Sie haben auch hier alles durchstöbert«, flüsterte er. »Und sie haben die Phiole gefunden ...« Er spürte, wie ihm die Knie weich wurden, und ließ sich schwer atmend auf den Stuhl fallen, »nun ist alles verloren«, flüsterte er, »es ist alles verloren«, wiederholte er. Eine unbegreifliche Müdigkeit übermannte ihn plötzlich. Er war völlig erschöpft.

Er erwachte spät und sprang erschrocken auf die Beine. Verwirrt blickte er um sich, als versuche er draufzukommen, wo er sich befand. *Euphorbia moldavica id est impudica.* Immer wieder suchte er den Reim: *moldavica ... impudica.* Aber es gelang ihm nicht, sich zu konzentrieren. Das Bellen des Hundes trieb ihn zur Verzweiflung. Groß und schwarz umkreiste er ihn auf dem Kies in einer Entfernung von wenigen Metern. »Dummer Köter!« schrie er im Spaß und versuchte, ihn zu besänftigen. Da fiel sein Blick aufs Messingschild und er las . . . *Les Trois Grâces.* »Natürlich, jetzt begreife ich!« flüsterte er beglückt. »Es sind drei und dennoch eine; der gleiche Körper, wiewohl sie voneinander getrennt sind. Welch heitere, vollkommene Schönheit! Kein anderer Name hätte so gut zu ihnen gepaßt . . .«

Paris, August 1976

suhrkamp taschenbücher
Eine Auswahl

Abish: Wie deutsch ist es. st 1135
Achternbusch: Die Alexanderschlacht. st 1232
– Die Atlantikschwimmer. st 1233
– Das Haus am Nil. st 1394
– Wind. st 1395
Adorno: Erziehung zur Mündigkeit. st 11
Aitmatow: Dshamilja. st 1579
– Der weiße Dampfer. st 51
Alain: Die Pflicht, glücklich zu sein. st 859
Allende: Das Geisterhaus. st 1676
– Von Liebe und Schatten. st 1735
Anders: Erzählungen. st 432
Arendt: Die verborgene Tradition. st 303
The Best of H. C. Artmann. st 275
Augustin: Eastend. st 1176
Ba Jin: Die Familie. st 1147
Bachmann: Malina. st 641
Bahlow: Deutsches Namenlexikon. st 65
Ball: Hermann Hesse. st 385
Ball-Hennings: Briefe an Hermann Hesse. st 1142
Ballard: Billennium. PhB 96. st 896
– Die Dürre. PhB 116. st 975
– Hallo Amerika! PhB 95. st 895
– Der tote Astronaut. PhB 107. st 940
Barnet: Das Lied der Rahel. st 966
Barthelme: Moondeluxe. st 1503
Barthes: Fragmente einer Sprache der Liebe. st 1586
Baur: Überleben. st 1098
Becker, Jürgen: Gedichte. st 690
Becker, Jurek: Aller Welt Freund. st 1151
– Bronsteins Kinder. st 1517
– Jakob der Lügner. st 774
– Schlaflose Tage. st 626
Beckett: Der Ausgestoßene. L'Expulsé. The Expelled. st 1006
– Endspiel. st 171
– Glückliche Tage. st 248
– Malone stirbt. st 407
– Mercier und Camier. st 943
– Molloy. st 229
– Warten auf Godot. st 1
– Watt. st 46
Behrens: Die weiße Frau. st 655
Beig: Hermine. st 1303
– Hochzeitslose. st 1163
– Rabenkrächzen. st 911
Benjamin: Angelus Novus. st 1512
Deutsche Menschen. Eine Folge von Briefen. st 970
– Illuminationen. st 345
Benjamin / Scholem: Briefwechsel 1933-1940. st 1211
Berkéwicz: Adam. st 1664
– Josef stirbt. st 1125
Bernhard: Alte Meister. st 1553
– Amras. st 1506
– Beton. st 1488
– Die Billigesser. st 1489
– Holzfällen. st 1523
– Ja. st 1507
– Korrektur. st 1533
– Der Stimmenimitator. st 1473
– Stücke 1. st 1524
– Stücke 2. st 1534
– Stücke 3. st 1544

265/1/8.90

265/2/8.90

suhrkamp taschenbücher
Eine Auswahl

265/3/8.90

suhrkamp taschenbücher
Eine Auswahl

Handke: Das Ende des Flanierens. st 679
– Kindergeschichte. st 1071
– Langsame Heimkehr. st 1069
– Die Lehre der Sainte-Victoire. st 1070
– Die linkshändige Frau. st 560
– Die Stunde der wahren Empfindung. st 452
– Über die Dörfer. st 1072
– Wunschloses Unglück. st 146
Hart Nibbrig: Spiegelschrift. st 1464
Hesse: Gesammelte Werke. 12 Bde. st 1600
– Berthold. st 1198
– Casanovas Bekehrung und Pater Matthias. st 1196
– Demian. st 206
– Gertrud. st 890
– Das Glasperlenspiel. st 79
– Innen und Außen. st 413
– Karl Eugen Eiselein. st 1192
– Klein und Wagner. st 116
– Kleine Freuden. st 360
– Klingsors letzter Sommer. st 1195
– Knulp. st 1571
– Die Kunst des Müßiggangs. st 100
– Kurgast. st 383
– Ladidel. st 1200
– Der Lateinschüler. st 1193
– Legenden. st 909
– Die Morgenlandfahrt. st 750
– Narziß und Goldmund. st 274
– Die Nürnberger Reise. st 227
– Peter Camenzind. st 161
– Robert Aghion. st 1379
– Roßhalde. st 312
– Schön ist die Jugend. st 1380
– Siddhartha. st 182
– Der Steppenwolf. st 175
– Unterm Rad. st 52
– Der vierte Lebenslauf Josef Knechts. st 1261
– Walter Kömpff. st 1199
– Der Weltverbesserer und Doktor Knölges Ende. st 1197
– Der Zyklon. st 1377
Hildesheimer: Das Ende der Fiktionen. st 1539
– Marbot. st 1009
– Mitteilungen an Max über den Stand der Dinge. st 1276
– Die Theaterstücke. st 1655
Hohl: Die Notizen. st 1000
Horváth: Gesammelte Werke. 15 Bde. st 1051-1065
– Don Juan kommt aus dem Krieg. st 1059
– Geschichten aus dem Wiener Wald. st 1054
– Glaube Liebe Hoffnung. st 1056
– Italienische Nacht. st 1053
– Ein Kind unserer Zeit. st 1064
– Jugend ohne Gott. st 1063
Hrabal: Erzählungen, Moritaten und Legenden. st 804
– Harlekins Millionen. st 1615
– Ich habe den englischen König bedient. st 1754
– Das Städtchen am Wasser. st 1613-1615
Hürlimann: Die Tessinerin. st 985
Hughes: Ein Sturmwind auf Jamaika. st 980
Im Jahrhundert der Frau. st 1011

265/4/8.90

suhrkamp taschenbücher
Eine Auswahl

Innerhofer: Die großen Wörter. st 563
– Schöne Tage. st 349
Inoue: Die Eiswand. st 551
– Der Stierkampf. st 944
Janker: Zwischen zwei Feuern. st 1251
Johnson: Berliner Sachen. st 249
– Das dritte Buch über Achim. st 169
– Ingrid Babendererde. st 1387
– Karsch und andere Prosa. st 1753
– Mutmassungen über Jakob. st 147
– Eine Reise nach Klagenfurt. st 235
Jonas: Materie, Geist und Schöpfung. st 1580
– Das Prinzip Verantwortung. st 1085
Joyce: Anna Livia Plurabelle. st 751
T. S. Eliots Joyce-Lesebuch. st 1398
Kaminski: Herzflattern. st 1080
– Nächstes Jahr in Jerusalem. st 1519
Kaschnitz: Jennifers Träume. st 1022
– Kein Zauberspruch. st 1310
– Liebesgeschichten. st 1292
Kirchhoff: Mexikanische Novelle. st 1367
– Ohne Eifer, ohne Zorn. st 1301
Koch: Der Prozeß Jesu. st 1362
– See-Leben. st 783
Koeppen: Gesammelte Werke in 6 Bänden. st 1774
– Amerikafahrt. st 802
– Angst. st 1459
– Die elenden Skribenten. st 1008
– Die Mauer schwankt. st 1249
– Tauben im Gras. st 601
– Der Tod in Rom. st 241
– Das Treibhaus. st 78
Kolleritsch: Gedichte. st 1590
Konrád: Der Besucher. st 492
– Der Komplize. st 1220
Kracauer: Die Angestellten. st 13
– Kino. st 126
– Das Ornament der Masse. st 371
Kraus: Aphorismen. st 1318
– Die letz ten Tage der Menschheit. st 1320
– Die Sprache. st 1317
– Die chinesische Mauer. st 1312
– Literatur und Lüge. st 1313
– Sittlichkeit und Kriminalität. st 1311
– Weltgericht I / Weltgericht II. st 1315/1316
Karl-Kraus-Lesebuch. st 1435
Kroetz: Der Mondscheinknecht. st 1039
– Der Mondscheinknecht. Fortsetzung. st 1241
– Stücke I-IV. st 1677-1680
Kühn: Der Himalaya im Wintergarten. st 1026
– Die Kammer des schwarzen Lichts. st 1475
– Und der Sultan von Oman. st 758
Kundera: Das Buch vom Lachen und vom Vergessen. st 868
Laederach: Laederachs 69 Arten den Blues zu spielen. st 1446

265/5/8.90

suhrkamp taschenbücher
Eine Auswahl

Laederach: Nach Einfall der Dämmerung. st 814
– Sigmund oder Der Herr der Seelen tötet seine. st 1235
Lao She: Die Stadt der Katzen. PhB 151. st 1154
Least Heat Moon: Blue Highways. st 1621
Lem: Also sprach GOLEM. PhB 175. st 1266
– Die Astronauten. PhB 16. st 441
– Frieden auf Erden. PhB 220. st 1574
– Der futurologische Kongreß. PhB 29. st 534
– Das Katastrophenprinzip. PhB 125. st 999
– Lokaltermin. PhB 200. st 1455
– Robotermärchen. PhB 85. st 856
– Sterntagebücher. PhB 20. st 459
– Waffensystem des 21. Jahrhunderts. PhB 124. st 998
Lenz, H.: Die Augen eines Dieners. st 348
– Ein Fremdling. st 1491
– Der Kutscher und der Wappenmaler. st 934
– Neue Zeit. st 505
– Der Tintenfisch in der Garage. st 620
– Der Wanderer. st 1492
Leutenegger: Gouverneur. st 1341
– Ninive. st 685
Lezama Lima: Paradiso. st 1005
Lovecraft: Azathoth. PhB 230. st 1627
– Berge des Wahnsinns. PhB 258. st 1780
– Der Fall Charles Dexter Ward. PhB 260. st 1782
– Stadt ohne Namen. PhB 52. st 694
Majakowski: Her mit dem schönen Leben. st 766
Mayer: Außenseiter. st 736
– Ein Deutscher auf Widerruf. Bd. 1. st 1500
– Ein Deutscher auf Widerruf. Bd. 2. st 1501
– Georg Büchner und seine Zeit. st 58
– Thomas Mann. st 1047
Mayröcker: Die Abschiede. st 1408
– Ausgewählte Gedichte. st 1302
Meier, G.: Toteninsel. st 867
Meyer, E.Y.: In Trubschachen. st 501
– Ein Reisender in Sachen Umsturz. st 927
– Die Rückfahrt. st 578
Miller: Am Anfang war Erziehung. st 951
– Bilder einer Kindheit. st 1158
– Das Drama des begabten Kindes. st 950
– Du sollst nicht merken. st 952
Miłosz: Verführtes Denken. st 278
Mitscherlich: Ein Leben für die Psychoanalyse. st 1010
– Massenpsychologie ohne Ressentiment. st 76
– Thesen zur Stadt der Zukunft. st 10
Morshäuser: Die Berliner Simulation. st 1293

265/6/8.90

suhrkamp taschenbücher
Eine Auswahl

Morshäuser: Blende. st 1585
– Nervöse Leser. st 1715
Moser: Gottesvergiftung. st 533
– Grammatik der Gefühle. st 897
– Kompaß der Seele. st 1340
– Lehrjahre auf der Couch. st 352
– Stufen der Nähe. st 978
Muschg: Albissers Grund. st 334
– Baiyun oder die Freundschaftsgesellschaft. st 902
– Entfernte Bekannte. st 510
– Fremdkörper. st 964
– Gegenzauber. st 665
– Im Sommer des Hasen. st 263
– Das Licht und der Schlüssel. st 1560
Museum der modernen Poesie. st 476
Neruda: Liebesbriefe an Albertina Rosa. st 829
Nizon: Canto. st 319
Nossack: Aus den Akten der Kanzlei Seiner Exzellenz ... st 1468
– Begegnung im Vorraum. st 1177
– Bereitschaftsdienst. st 1460
Onetti: Das kurze Leben. st 661
– So traurig wie sie. st 1601
Oz: Im Lande Israel. st 1066
– Mein Michael. st 1589
– Der perfekte Frieden. st 1747
Paz: Essays. 2 Bde. st 1036
Pedretti: Harmloses, bitte. st 558
– Die Zertrümmerung von dem Kind Karl. st 1156
Ernst Penzoldts schönste Erzählungen. st 216
Percy: Der Idiot des Südens. st 1531
– Lancelot. st 1391
Phantastische Begegnungen. PhB 250. st 1741
Platschek: Über die Dummheit in der Malerei. st 1139
Plenzdorf: Gutenachtgeschichte. st 958
– Legende vom Glück ohne Ende. st 722
– Die neuen Leiden des jungen W. st 300
Poniatowska: Stark ist das Schweigen. st 1438
Proust: Auf der Suche nach der verlorenen Zeit. 10 Bde.
– Briefe zum Leben. st 464
Puig: Der Kuß der Spinnenfrau. st 869
– Der schönste Tango der Welt. st 474
– Verraten von Rita Hayworth. st 344
Ribeiro: Maíra. st 809
Rochefort: Frühling für Anfänger. st 532
– Eine Rose für Morrison. st 575
– Die Welt ist wie zwei Pferde. st 1244
– Zum Glück gehts dem Sommer entgegen. st 523
Rodoreda: Auf der Plaça del Diamant. st 977
– Der zerbrochene Spiegel. st 1494
Rolfs: Rost im Chrom. st 1648
Russell: Eroberung des Glücks. st 389

265/7/8.90

265/8/8.90

265/9/8.90